在這個世界中、與你再度相戀

望月くらげ

Kono sekaide,
kimito nidomeno
koiwo suru

輕文學
Light Literature

目錄

序章

「抱歉，旭。我們好像……還是不能繼續交往下去。」

在櫻花提早了一點綻放的學校後花園，最愛的他說出這句話。

「新？咦？為什麼？」

「抱歉……」

「只說抱歉我怎麼知道為什麼！」

「對不起……」

只說了這句話，新就轉身背對我跑掉了。

「等等！」

伸出手的我，視野裡是熟悉的白色天花板。

「是夢？」

眼前已沒有當時的櫻花，也沒有他的背影。

這也是理所當然，畢竟那已經是三年前的事。

（到底要到什麼時候才放得下……）

對自己的不乾不脆感到厭煩，我伸手去拿衣架上的制服。

「啊、旭！早安！妳今天真早！」

「早安——嗯……我做了討厭的夢。」

一走進教室，朋友就向我搭話。

「討厭的夢？」

「……」

「妳該不會又夢見新了吧？」

「……嗯，還以為我已經想開了呢。」

說完，我笑了笑。好友深雪對我露出溫柔的笑容。

「沒關係啦，總有一天會忘記的。」

是啊。我點點頭，在深雪後面的位置坐下。

從那天起，我一直這麼想。總有一天，時間會沖淡一切，總有一天……可是，過了這麼多年，夢中的那天依然鮮明……每次做那個夢，我都會想起國中三年中，和新共度的那一年……

（三年了啊……）

從那時起，我再也沒有見過他。只是下意識思念著他的身影……

「嗯——怎麼辦才好呢。」

放學後，深雪約我去玩，我也提不起興致，就直接回家了。

回到家，不想換衣服寫功課，到現在還穿著制服在床上打滾。

（都怪那個夢……）

明明已經好一陣子沒做那個夢了。

曾經每天做到不想再做的那個夢。

想知道那天之後發生的事，想擠出那天沒說出口的話，為此不斷不斷做了一樣的夢，卻總是在同樣的地方結束。

（再不忘記不行了，得往前走啊……）

究竟第幾次這麼想了呢？這已經是第幾年了？

想忘記卻無法忘記。

——一定是因為，我從未打從心底接受這段戀情以那樣的方式結束。

「新，你現在過得怎麼樣呢……」

～♪～～♪♪～♪～～♪♪

就在我喃喃自語時，取消震動模式的手機忽然響起來電鈴聲。

和平常的來電鈴聲不同，只有一個人打來時才會響起的旋律。

「新……？」

手機螢幕上顯示的，是那個苦苦思念，一直……一直期盼重逢的人名。

——來電：鈴木 新——

「喂、喂……？」

我忍不住從床上站起來，一邊深呼吸，一邊按下通話鍵。

握著手機的手顫抖，好不容易才擠出的聲音也是。

「……」

然而，電話那頭卻沒有任何回應。

「新？」

就在我試探著問時，電話那頭也傳來模糊的聲音。

『請問……是旭同學嗎？』

這個聲音好像聽過，但又很陌生。

可以確定的是，這是女人的聲音，不是新。

「請問……？」

『我是他的母親。』

「咦？」

『我是鈴木新的母親。』

——那個女人以僵硬的聲音這麼說。

「為什麼?」

掛上新的母親打來的電話,我茫然地握著手機,站在原地。

「為什麼?為什麼?為什麼?」

好幾年沒聽到她的聲音了。話雖如此,當年也沒和她說過太多話,只記得每次去他們家玩的時候,新的母親都會笑咪咪地歡迎我,她笑起來和新很像。

『昨天,新走了。』

新的母親這麼說時,我還無法理解這句話的意思。

(新走了?什麼意思?走了是去哪裡?)

腦中充滿問號。

『今晚守靈,明天舉行葬禮。請旭同學一定要來送他最後一程。』

新,死了。

三年沒有聯絡，再次接到他的消息竟然是這種事……做夢也想不到。

「新……」

為什麼事到如今才聯絡我？令人疑惑的地方太多了。

但是，慌亂的我什麼都沒有問，只回答了新的母親說的話，就把電話掛上了。

「……」

無法思考任何事。

連一滴眼淚都沒掉。

新死了。

腦袋拒絕理解這句話的意思。

可是，手機接二連三收到的訊息，像是不肯放過這樣的我。

「唔……」

傳訊息過來的是從以前到現在的好朋友……訊息的內容都是對我的關心。

擔心我一個人會不安，深雪陪我造訪睽違三年的鈴木家。

令人懷念的屋子，令人懷念的空氣。

國中時，經常心頭小鹿亂撞地來這裡玩。新的家和當時沒什麼兩樣。

只除了……現在籠罩在莊嚴肅穆的氣氛中，以及……新已經不在了。

「妳是……旭同學？」

當我站在那裡出神時，新的母親喊了我。

「啊……您好，好久不見。」

身穿喪服的新的母親，看起來比三年前蒼老許多。

「抱歉啊，忽然打電話給妳。」

新的母親忽然邁步走開，我不知所措，直到身旁的深雪小聲提醒我：

「快跟上去啊。」

我點點頭，留下深雪，跟著新的母親走。

「……」

「……」

無言走了一會兒，新的母親進入一間熟悉的房間。

——是新的房間。

那時，不知道來過這裡多少次。

從那天起，再也不曾踏入這裡。

往書桌前的椅子一坐，新的母親開始輕聲說了起來。

說他從小就患有心臟病的事。

說國三最後一學期時病情惡化，無法上高中，只能在醫院和病魔搏鬥的事。

還有——直到最後一刻仍不斷呼喊我名字的事……

我都不知道，完全不知道。

不知道新那麼痛苦，一直在和病魔搏鬥。

我什麼都不知道。

「能請妳收下這個嗎？」

新的母親交給我一本厚重的筆記。

封面看起來很破舊，頁數很多。

「這是……日記本？」

封皮上，以燙金字體印著「Diary」。

「那孩子一直都有寫日記的習慣……他一定也希望妳收下這個。」

「咦？」

他希望我收下日記？為什麼？

「其實見到妳之前，我有好多話想跟妳說……」

「……」

「不過，讀了這個之後，就什麼都說不出來了。」

新的母親露出落寞的笑容，我不知道該對她說什麼才好。

小心翼翼捧著收下的日記本，我輕聲道謝後，回到深雪身邊。
心跳得好用力，幾乎聽得見撲通聲。
或許沒必要奔跑。
可是……我只想趕快回到深雪身邊，不想一個人獨處。

「旭？妳沒事吧？」
回過神時，深雪已在眼前。
「我、我沒事。」
「那就好……妳的臉色不太好看，我們早點回去吧？」
「……嗯。」
深雪陪我一起走到新的棺木邊。
躺在棺木中的，是比那時成熟了一點的新。
「新……」
眼淚終於忍不住滑落。
而我也總算理解。

——啊，新真的已經……死了……

「為什麼都不告訴我？」

「嗚……」

身旁的深雪也哭了。

「新……欸、新……睜開眼睛啊……」

抬起頭——看到遺照裡的新，彷彿正對我微笑。

第一章

走出新的家，和深雪一起踏上回家的路。

「……」

「……」

提不起勁說任何話。大概很清楚我現在的心情吧，深雪也沒有說什麼。

「那就這樣……」

「嗯，明天見……」

「抱歉，還讓妳特地陪我回來。」

深雪家和我家反方向，我向她道謝，深雪笑著說「妳說什麼傻話」。

「不要太勉強自己喔。」

「嗯……」

對一臉擔心的深雪揮揮手，我關上玄關大門。

媽媽和妹妹跟我說話，我視若無睹地走進自己房間。

把手上的東西往床上一丟，也不換衣服就躺上去。

——什麼事都不想做。

新已經不在了。

與分手時不同的喪失感襲擊了我。

再也無法……再也見不到新了。再也無法。

「嗚嗚……新……」

嗚咽與淚水停不下來。

最喜歡的他。

最喜歡他了。

即使分手，即使想忘記，卻始終那麼喜歡、那麼喜歡……

「新……為什麼……為什麼……」

擦著流不停的眼淚抬起頭，從丟在床上的東西裡看到一本筆記。

「啊……」

那是新的母親交給我的日記本。

不知道她為什麼要把這個交給我。但是，這是我手邊唯一留下的新的遺物。

「我從來沒聽說你有寫日記啊……」

打開第一頁。

上面是工整的字跡。以我對新的認識，無法想像他的字跡竟然如此整齊。

鈴木新 14歲
喜歡的食物 拉麵
討厭的食物 青椒
喜歡的事 跟朋友玩、寫日記
討厭的事 去醫院

明天起就是三年級生了。希望今年也能和大家一起開心度過。

「新……」

在那裡的，是認識我之前的新。
這麼說來——我第一次意識到新的存在，是什麼時候的事呢？
換班後自我介紹時？不對，那時新對我來說，只不過是新同學中的一人。
新以新的身分在我腦中留下印象，到底是什麼時候的事？
打開日記第二頁，上面記錄了新學期第一天的情形。文章內容很有新的風格。

4月8日

今天開始在新班級上課。

換班後，有一、二年級時就認識的同學，也有不認識的。

希望和大家做好朋友，盡可能製造美好回憶。

對了，班導和去年一樣，還是田畑老師。

大概顧慮到我的身體狀況吧，這三年都是同一個導師。

為了向他表示「今年也請多多關照」，早上田畑老師進教室前，我在門上夾了板擦歡迎他↑這招太老套了嗎？（笑）

老師果然中招，狠狠發了一頓脾氣。不過沒關係。

今年應該也會給你添很多麻煩吧，田畑老師。

「對了，確實有這回事……」

我也記得新學期第一天，老師就對全班同學大發雷霆。原來那是新的惡作劇。

「真是個笨蛋……」

如此低喃著，我將新的日記抱在胸口，不知不覺睡著了……

◆◆◆

「早安！」

「早啊！又同班了呢，真開心。」

「我也是！今年也請多關照囉！」

醒來時，發現我身在吵鬧的教室中。

「咦？」

我剛才不是還在自己房間嗎……

再說……

（這制服是……國中的……教室也是……）

眼前的光景不是熟悉的高中教室……而是懷念的國中時代。

（原來……我在做夢啊……）

因為讀了新的日記，所以想起當時的事了嗎？

夢中的我是國三生，在換班之後的教室裡，這天是我和新成為同學的第一天。

「啊……」

放眼望去，看到男生們站在教室門口，不知道想做什麼。

「是新……」

畢竟是做夢，說來也理所當然，站在那裡的新外表和當年一樣。

男生們爬上椅子，在教室前門上方夾了一個板擦。

「對了！」

我心想，他們怎麼會想出這麼無聊的惡作劇。不過他們的腦袋就是這樣，真拿他們沒辦法。

我悄悄從教室後門走到走廊上，往前門的方向走。

走廊上，遠遠看見今年擔任導師的田畑老師。然後，我在打開一條縫的前門後面……看到正在設陷阱的新。

——眼神，對上了。

「咦……？」

「我可以進去嗎？」

這麼說著，我抬眼往門上看……新不好意思地抓抓頭，幫我輕輕把門拉開。

「噗」的一聲，板擦掉在我面前。

「——妨礙你們惡作劇了，真是抱歉啦。」

「沒有啦、不會……」

我拚命忍住不笑出來，走回自己座位。

——就在那之後，田畑老師平安無事地從危機解除的前門走進教室。

◆◆◆

「嗯唔……」

醒來時，眼前是我熟悉的房間。

做了好懷念的夢。

再次見到最愛的新了。

「應該是託了這本日記的福吧……謝謝。」

我將日記輕輕收進書包，伸了一個懶腰，走出房門。

「早安！旭！妳後來沒事吧？」

一進教室，深雪就跑來我身邊擔心地問。

「嗯……謝謝。過了一天，感覺好一點了。」

老實說，其實我還沒振作起來……但為了讓擔心我的好友放心，也只能說謊了。

「別太勉強自己喔。」

「謝謝……」

深雪像是看穿我的謊言，不改一臉擔心的表情，坐回她的位子。

「對了，我昨晚做了好懷念的夢。」

希望能帶給深雪一點笑容，我試著提起昨天的夢。

「妳還記得國三開學那天，新他們幾個男生把板擦夾在門上，對田畑老師惡作劇的事嗎？」

當我正想說「夢中的我阻止了他們呢」時，深雪也發出懷念的聲音：

「記得啊，新他們後來還嚷嚷著說，好不容易設好的陷阱被女生破壞了。」

「咦？」

「昨天因為新的事情，我和大家久違地聊起這件事，才知道原來當時那個女生是旭妳啊？嚇了我一跳。」

「等、等一下。那、那是我夢裡發生的事，實際上板擦應該掉到田畑老師身上了吧？」

我難掩激動。因為深雪說的和我的夢境一樣。事實卻是當時我正為了來到新班級緊張不安，連發生過那場騷動都不知道。

「旭？妳沒事吧？也難怪妳記憶混亂……一定是新的事讓妳受到太大的打擊了……」

但是，深雪口中的現實卻是我夢境的內容。

我不懂。

這是怎麼一回事？

「對了！」

我從書包裡拿出昨天收下的日記本。不知為何就想放在手邊，所以放進書包裡一起帶來了。沒想到能在這種時候派上用場。

「妳看，深雪！這是新的日記……」

我翻開昨天讀的地方，想讓深雪看。但是，當我翻開第二頁時，簡直不敢相信自己看到了什麼。

「不會吧……」

上面寫的內容和昨天看到的不同。

昨天寫的明明是田畑老師中了惡作劇的招，現在打開一看，內容卻變成惡作劇失敗……和夢境一樣。

「怎、怎麼會……」

「旭，妳真的不要緊嗎？要是想找人談談，我隨時都能奉陪喔……」

看著一臉擔心凝視我的深雪，我什麼都說不出口。

在一頭霧水之中，我只是盯著新的日記看……盯著上面寫的內容。問題是，我無法理解日記裡寫的內容。

看我不發一語，深雪湊上來看我。

「旭？這本筆記怎麼了嗎？」

深雪用充滿疑惑又擔憂的語氣問。

「沒、沒什麼啦！咦？是我記錯了喔？啊哈哈，別在意。」

「嗯、嗯……真的有什麼的話一定要告訴我喔。」

深雪的表情看似不太相信我。

一定是我記錯了。因為……怎麼可能發生改變過去那種事……

為了甩掉瞬間閃過腦中的念頭，我把剛拿出來的日記本再次塞回書包。

4月10日

今天班會選出各股股長。

糟透了，我竟然抽到班長的籤。

抽到副班長的女生叫竹中，是我不認識的新同學。

要是認識的話就輕鬆多了。不過，她有點可愛，真幸運（笑）。

「好懷念啊……」

早上那件事一定是我想太多了……我決定這麼想，晚上睡前又看了一篇新的日記。

這次是第三頁。跳過四月九日沒寫，這種地方也很有新的風格。

前面不是還說喜歡寫日記嗎……一邊這麼想，一邊覺得好笑，同時也感到一陣寂寞。

「這麼一說才想到，第一學期我們確實當了班長和副班長。」

那也是我第一次注意到新的存在……

為什麼忘記了呢？

為什麼能忘記呢？

明明是這麼重要的回憶。

「早知道我也應該寫日記。」

這麼一來就能記住所有和新之間的回憶了——事到如今才這麼想也無濟於事。

不過，那時做夢也想不到會和新交往。也沒想到最後一次見面……竟然是生前最後一次的相見……

想著這些事，我在不知不覺中入睡。

◆◆◆

「班會時間開始！」

聽到這聲音，我急忙轉向前。站在講台上的……是田畑老師。

（又、又來了……）

又是一樣的夢。

國三時——新還在世時的夢。

（不會吧，今天的夢境是……）

「那麼今天要決定各股股長！先從班長和副班長開始吧。」

（果然……）

「就用抽籤的方式決定吧。抽中『大獎』的人當班長，抽中『二獎』的人當副班長。」

和新的日記相同內容的夢……

這是巧合？還是……

（不可能有那種事！）

只是因為碰巧讀完日記就睡覺，日記內容還留在腦中而已。一定是這樣沒錯，否則也太奇怪了……一直反覆夢到過去，這種事……

「再來輪到旭抽籤喔。」

「咦？喔，好——」

回過神時，已經輪到我了。

（如果跟過去一樣……接下來我應該會抽到「二獎」才對……）

「那、那個啊！」

「什麼？」

我不假思索朝坐在後面的朋友陽菜說：

「那個……我想去一下廁所，妳先抽好嗎？」

「好啊！妳要在老師發現前趕快回來喔——」

「謝謝！」

我悄悄站起來，趁老師沒注意時離席，跑到教室外的走廊上。

「呼……」

雖然不知道這麼做能改變什麼，又或是什麼都不會改變……如果和過去一樣的話，不知道又會發生什麼事。

我想弄清楚。

現在到底是什麼狀況。我身上——那本日記本上到底發生了什麼事……

「咦？呃……妳是竹中同學吧？」

正當我坐在走廊上思考時……一個出乎意料的人喊了我的名字。

「哎呀……」

「嗯？」

「啊、呃……你是鈴木……同學？」

站在眼前的……是三年前的新。

「對，我是鈴木同學。妳在這裡幹嘛？」

「咦、啊……那個……」

「該不會是身體不舒服吧？沒事吧？要不要幫妳叫老師？」

我不記得有這段對話。應該不只是單純的忘記。

這麼說來，果然又是……

（這些夢……不只是重複過去發生過的事。）

「竹中同學？」

新一臉擔心地看著我，我趕緊站起來。

「啊、呃……不是的！我剛去上廁所回來，找不到適當時機進去而已啦。」

我找了個合理的藉口，新只瞬間露出訝異的表情，接著促狹地笑了。

「我懂我懂，我有時候也會這樣——想說乾脆在這等下課鈴響之類的。」

「是不是！你也懂真是太好了……對了，鈴木同學怎麼會在教室外？」

「這個嘛……」

我的疑問不知為何令新吞吞吐吐起來。

（我問了不該問的事嗎？）

正當我對新的反應感到不安時……新咧嘴一笑。

「我也是！我也是去上廁所！突然尿急了啦——」

「是喔！跟我一樣耶！」

看到新的笑容，我才鬆了一口氣。

雖然剎那之間曾看到一絲陰影掠過他的臉龐——現在的我什麼都無法多問。

「要不要進去了？」

「啊、嗯！進去吧！」

我們兩人輕輕打開後門，打算躡手躡腳進教室。然而，坐在位子上的同學們和田畑老師不知為何笑咪咪地看著一起走進教室的我倆。

「咦？咦咦？」

「兩位回來啦？籤剛好剩下兩張喔！」

看來，我們在走廊說話時，除了我們之外的所有人都抽完決定班長副班長的籤了。

（不會吧……）

「讓我們來看看是誰要當班長，誰要當副班長吧。」

田畑喜孜孜地說。同學們也發出吃吃竊笑。

「吼，真是的！不管了啦！我們抽吧，竹中同學。」

新豁出去似地走向講台。

「啊、嗯！」

我也跟著他往前走，兩人一起抽出籤紙。

結果……

「那就請鈴木擔任班長，竹中擔任副班長囉！第一學期班上的事就麻煩兩位了！」

我明明做了抵抗，結果依然不變——過去依然和日記裡寫的一樣，我們的故事就這樣繼續。

（不過，也對。）

過去的已經過去，事實無法改變。

改變是不對的。

所以這一定……

（昨天的事是我記錯了。）

只因為日記內容令人印象太深刻，所以才會碰巧做了那樣的夢。雖然和我記得的不一樣，但都已經是三年前的事了，應該只是我忘了而已。

夢中發生的事就只是夢。所以——和現在的我無關。過去不可能在夢中重來，這種事不可能發生。

我覺得自己找到答案了。

心裡那個想不通的點，好像豁然開朗了。

然而，其實是我沒發現。

過去已經改變。

——故事動了起來。

◆◆◆

4月10日

今天班會選出各股股長。
我從保健室回到教室時，大家的籤都抽完了。
趁我不在時叫大家抽籤，田畑老師真過分……
而且剩下的兩張籤竟然是班長和副班長，太霸道啦！感受得到老師的惡意！
平常抽這種籤時手氣總是比別人好的我……沒想到竟然抽中班長……
對了，抽中副班長的是一個叫竹中的女生。
在走廊上跟她聊了一下，感覺個性很溫柔。
……長得也有點可愛，真幸運。
這樣的話，這學期我也有動力加油了。
為了不給人家添麻煩，我也要好好努力。

我盯著放在桌上的日記本看。距離上次翻開來看，已經過了一星期。

那天……醒來後發現日記內容改變了的我，從那天後就沒再翻開日記。

「到底是怎麼回事？」

日記的內容再次變得跟夢境一樣。而且，連現實都配合夢境改變了。

——除了我的記憶。

「我該如何是好。」

我這麼問自己……但是其實，我早就心意已決。

日記本好可怕，好詭異——凌駕於這種念頭的，是能再見到新的喜悅。我滿腦子只有這件事。

只要有這個，說不定我和新能處得比當時更好。

這麼一來，說不定——就能迎向不用分手的未來。

「新……」

同樣的事我不知道想過多少次，結論總是一樣。但是……今天依舊不敢翻開日記，就這樣睡著了。

「……天亮了。」

說來也理所當然，因為前一天沒翻開日記，所以沒做那不可思議的夢。

「果然問題出在那本日記……」

久違地見到新，更加深了我對他的思念。

「該如何是好……」

梳洗準備好，今天依然在找不到答案的狀態下走出家門，一如往常地上學去。

「早安，旭。怎麼啦？妳那是什麼臉？」

一到教室，深雪和平常一樣找我聊天。

「早……我的臉怎麼了？」

「總覺得……臉上好像寫著妳很難受？」

「有嗎……」

「就是有啊！」

我還以為自己裝得若無其事，看來什麼都瞞不過這個死黨。

「……妳今天有空嗎？放學後要不要去喝個茶？」

「——嗯。」

我向深雪道謝。

「不用道謝了，快點打起精神就好。」

說完，深雪微微一笑，回到自己座位。

「所以，到底發生了什麼事？」

「嗯……」

「——難以啟齒的事？」

「……」

與其說是難以啟齒，不如說是滿心的難以置信。

要是我站在深雪的立場聽好友說那種事……一定也會以為對方是受到喜歡的人死去的打擊，而暫時心慌意亂而已吧。

「……其實我早就發現囉。」

「咦？」

深雪忽然那麼說。

「旭從參加新的葬禮後就怪怪的，我早就發現了。」

「深雪……」

「所以啊，不管什麼事我都能接受，要不要跟深雪姊姊說說看啊？」

——深雪故意開玩笑緩和氣氛，一如往常地拯救了我的心。

「妳不會笑我？」

「不會笑妳啦。」

「絕對？」

「絕對。」

看著斬釘截鐵的深雪……我開始說明這幾天發生的不可思議現象。

「——換句話說，妳在夢中重新體驗了一次過去？」

「不是重新體驗一次，比較像是用新的經驗取代了過去發生的事……」

夢裡過去的我做出的不同選擇，也影響了現在的現實世界。

「嗯──唔……」

「妳果然還是不相信吧……」

「不是的。我知道旭不是會說這種謊的人……我不是不相信妳……」

糾結了一會兒，深雪才小心翼翼地說：

「因為我現在的記憶，是旭口中『被取代過』的記憶，老實說，我真的不知道妳所說的『改變之前』的事。」

「我想也是……」

「可是，如果過去真的被改變了……我大概能理解為什麼那天只叫了旭。」

「只叫了我？」

「對，那天新的媽媽直接打電話給旭，告訴妳新過世的事，叫妳去參加葬禮吧？」

「嗯，深雪不是這樣嗎？」

「我是……妳還記得堂浦奏多嗎？國三時跟我們同班的男生，是他聯絡我的。」

「……堂浦同學。」

沒記錯的話，他經常和新玩在一起。

「是兒時玩伴對吧？」

「對啊，新的兒時玩伴。奏多聯絡我，要我分頭幫忙聯絡跟新比較熟的人。」

「原來是這樣……」

「所以我才聯絡了旭，但妳卻說自己是接到新的媽媽直接打來的電話……那時我就覺得納悶了。」

「為什麼？」

「除了奏多之外，唯一接到新的媽媽電話的人只有妳喔，旭。」

「只有我……」

「都已經是三年前……而且只短暫交往過的女朋友，家長會直接打電話聯絡嗎……總覺得有點奇怪。」

這麼說著，深雪朝我的書包瞥了一眼。

「妳有帶嗎？」

「——嗯。」

不需要問帶什麼了。

「順便問一下，旭把整本日記都讀完了嗎？」

「還沒……」

深雪陷入思考，不知想到了什麼。

「怎麼了？」

「比方說，妳要不要試試看一次多讀幾天？」

「咦？」

「或者，跳著讀不連續日期的內容？還是先影印下來，對照讀完後做的夢看看？」

「深雪？」

「如果……能改變過去，說不定會進入一個旭和新沒有分手的世界？」

「深雪！」

我忍不住大聲打斷深雪的話，引起店裡其他客人側目。

「抱歉……」

「……是我不好，我才該道歉。」

「……」

「……」

其實我是為自己膚淺的心意被深雪看穿而感到羞恥。

只要有這本日記，說不定……我沒有一刻不這麼想。只是……猶豫著要不要跨過那條界線。

——我心裡還無法做出答案。

難以言喻的尷尬氣氛包圍我們。為了擺脫這樣的氛圍，深雪喝起放在眼前的冰茶，一邊對我說：

「旭可以改寫過去，這件事一定具有什麼意義。」

「意義？」

「雖然不知道是對旭而言的意義，還是對新而言的意義——可是，如果旭就此放棄讀那本日記，豈不是會和現在一樣活在後悔中嗎？」

「……」

我囁嚅著說不出話，深雪也小心選擇遣詞用字：

「新的電話號碼……妳一直沒刪掉吧？」

「妳怎麼……」

我想問深雪怎麼會知道，看到我痛苦的表情，深雪笑著說：

「因為我們是死黨啊，我怎麼可能沒發現。」

「深雪……」

還以為瞞得過她。還以為我裝得很好，看起來已經把一切都放下了。然而，眼前溫柔的死黨明明知道一切，還裝出被我瞞過的樣子……

「——說不定什麼都不會改變，或許到最後只是無謂的掙扎。可是……如果，只要能稍微改變一點那天發生的事……如果有這樣的可能性，我認為賭一把也不壞。」

真的會有這麼稱心如意的事嗎？我們的過去，真的能被現在的自己改變嗎？

看我猶豫不決，深雪又說：

「我想，能改變的一定也只是一些小事，不會改變大方向。」

「是嗎？」

「不過，如果那樣——如果那樣能稍微減輕這三年來旭內心的痛苦……我想新一定也會很欣慰的。」

「深雪……」

是這樣嗎？

真的可以這麼做嗎……

其實我很想知道。

為什麼那天新會突然說那種話。

那之後他為什麼突然不見了。

為什麼——不讓我陪在他身邊直到最後一刻……

「是、是啊……我——」

「——不過呢，旭。改變過去讓現在改變，或許代表旭必須親眼目睹新痛苦的模樣喔。」

「嗯……」

「即使如此……」

「即使如此，我、我還是想再見到新。」

「旭……」

「那天為什麼非分開不可，我想知道真正的原因。」

「嗯……也對，我知道……」

「謝謝妳，深雪。妳讓我更堅定了。」

為了不後悔，我……

「我會試著重新來過，和新共度的日子。」

就算結果再痛苦也不怕。

「——想哭的話，有我在妳身邊喔。隨時告訴我。」

「謝謝妳……」

死黨貼心的話語使我再也忍不住落淚。偷偷擦掉淚水，我輕輕點頭。

還不知道會變成怎樣。

不過，回顧過去不是為了讓自己更痛苦，而是為了笑著告訴自己那時發生過什麼事。

我要改變過去。

即使——那是不被允許的事。

回到家，我一邊想著深雪說的話，一邊拿起新的日記本。

『——總之現在妳先一邊確認各種事，一邊調查那本日記吧。』

『確認？』

『對，比如說……』

「一次讀好幾天……是嗎？」

確實，至今我都是只讀了一天份的日記就睡著了。如果一次讀了好幾天份的日記，那天晚上的夢會變成怎樣呢？

「——好，試試看吧！」

久違地打開的日記本……總覺得有股冰冷的感覺。

4月11日

太慘了。只好趕快請假。

今天要參加各班級正副班長組成的委員會……

竹中同學會一個人去嗎？

明天得向她道歉才行……

……不過明天我有辦法去上學嗎……

4月12日

今天果然還無法去上學。

給班上同學還有竹中同學添麻煩了。

……真抱歉。

傍晚奏多來看我。
一如往常地，真是感謝他。

4月15日

過了一個週末，我今天還是請假。
讓我當班長真的好嗎？
田畑老師打電話來，聽他說竹中同學連我的分內工作都一起做了。
我真的給她添了太多麻煩。
雖然老師要我別介意，但我果然還是不適合當班長。
如果明天還是得請假，就請老師換別人當班長好了。

4月16日

久違地去上學了。
學校方面好像跟以前一樣，只告訴同學們我感冒了。

我向竹中同學道歉，她笑著說別介意。

真的是非常抱歉。

明天要開始準備春天的教學旅遊了。

需要過夜的露營什麼的……我能參加嗎？

「這麼說來……好像有過這回事……」

剛開學不久，新就請了好幾天假，擔任副班長的我忙得不可開交。

不過，也因為這樣，我才有機會和來關心我的深雪及其他人變成好朋友。所以，這件事對我來說，或許並不是負面的回憶……

「原來新當時是這麼想的啊……」

感覺很不可思議。竟然能用這種方式得知新當時的心情。

——而現在又能再次見到當時的新了……

「新……」

低喃最愛的他的名字……我用力闔上日記本。

◆◆◆

睜開眼時，眼前是睽違了幾天再次見到的，幾年前的三年二班教室。黑板上用粉筆寫上的日期是四月十一日。

（和日記本的日期一樣……）

這麼說來，新應該還請假沒來上學……環顧教室，的確沒看到新的身影。

「咦？新呢？」

「他今天好像請假喔。」

「是喔，虧我還把他說要借的ＣＤ帶來了——」

不遠處，傳來熟悉的聲音。

（是深雪……）

那時，我和深雪幾乎還沒聊過天。

到了國中三年級才第一次和她同班……之後一路同班到高三，她成了我最好的朋友。

不過，在這個時間點，深雪還單純只是我的同班同學之一。

（總覺得有點奇妙。）

「旭？妳怎麼了？」

「啊、沒有啦，沒事沒事。」

看到我愣愣發呆，坐在後面的陽菜疑惑地問我。

（陽菜也好懷念喔……上次才久違地見了面……）

整個國中三年，辻谷陽菜都和我同班。

高中念了不一樣的學校，平常沒什麼機會見面……沒想到上次久別重逢會是在新的葬禮上……

「大家，回到位子上！」

正當我想著這些事時，田畑老師帶著點名簿進入教室。

「今天缺席的……只有鈴木是嗎？」

講完聯絡事項，老師宣布班會時間結束。

「竹中。」

「是……是！」

田畑老師不知何時站到正在發呆的我座位前。

「妳今天要去參加昨天說的那個班級委員會吧？」

「好像是耶。」

「因為鈴木請假，不好意思，竹中妳能一個人去嗎？」

「我知道了。」

「那就拜託妳啦。」

說完，田畑老師走出教室。

「呼……」

明知是該做的事，還是一陣憂鬱襲來。

「旭，妳不要緊吧？」

「嗯……也沒辦法，我會加油的！」

「加油……」

背後傳來陽菜安慰的聲音，我從抽屜裡拿出教科書，準備上第一堂課。

「——咦？」

放學後，參加完班級委員會，我回到教室準備收書包回家。教室空無一人。

「這樣真的好嗎？」

現在的我，只不過在重複跟過去一樣的事。什麼都改變不了，發生的事跟三年前完全一樣。

（直接這樣回家的話，今天一天就結束了。新的日記內容大概不會改變吧……）

或許沒必要改變每一頁的內容。不過，為了不要重新回到那一天……總覺得我不應該一直做同樣的事。

（可是，又該怎麼做才對……）

思考時望向手邊，我看到一本筆記本。剛才參加班級委員會時，我把開會內容寫在這本筆記本裡了。

（對了！）

新的日記寫到「用感冒當請假的原因」，可見他請假的原因不是感冒。這麼說來，他可能也沒有臥病在床。

——考慮到他也可能真的臥病在床，於是我決定先在裡面夾一封信。

接著，我跑向教職員室，想找可能在那裡的田畑老師。

「——又來到這裡了……」

那之後，我跟在教職員室內的田畑老師一說，他就把新的地址告訴我了。

其實不用這麼大費周章，我也可以直接去新家。但是這時的我，照理說應該還不知道新的家在哪，為了避免啟人疑竇，我才會特地去問老師。

沒想到田畑老師要我順便把印了回家作業的講義帶去給新，這下可真對他過意不去了。

懷著這份心思按了門鈴。一陣鈴聲後，聽見一個低沉的聲音。

「請問是誰？」

「啊、那個，我是竹中！」

「咦？」

「跟你同班的竹中！」

「啊、咦……請等一下！」

慌張的聲音中，伴隨著什麼東西倒下的哐啷聲。他沒事吧……

等了一會兒，眼前的門喀擦一聲打開。

「……你好。」

「……妳好。」

「……」

「……」

……對話接不下去。

也難怪會是如此。對新而言，我還只是第一次同班的班上女生之一而已。

——這樣突然跑到人家家來，說不定會被當成什麼可疑人物……

「請問……怎麼了嗎？」

「啊、呃……你感冒還好嗎？」

「……嗯，好很多了。」

聽見「感冒」兩個字時，新瞬間露出驚訝的表情，但他立刻隱藏起驚訝，做出回應。

「……對、對了，是我請田畑老師給我你家地址的啦！」

「請田畑老師給妳地址？」

「對啊，今天不是有班級委員會嗎？我在想，鈴木同學會不會擔心自己沒去。」

「……」

「所以，如果你不介意的話，這個給你！」

說著，我將寫有會議內容的筆記本交給新……他露出有點哀傷的表情收下。

「給妳添麻煩了，抱歉……」

「沒這回事……每個人都會有身體不舒服的時候啊！所以，你別那麼在意！」

「嗯……」

接過筆記本，新隨手翻了翻，口中喃喃地說「謝謝」，別開視線。

「……」

「……」

「對了，你明天能來上學了嗎？」

受不了沉默的氣氛，我不假思索開口，一說出口就後悔了。我明明知道明天甚至下週新都不會來上學……

「我也不確定……要是可以去就好了……」

「那……別勉強喔！」

「謝謝。」

「……」

「……」

氣氛沉重。

我拚命思考，想挽救剛才的失言——什麼都想不出來。死命把頭腦翻過來轉過來……忽然想起田畑老師要我帶來的講義。

「還、還有！田畑老師要我帶這個來給你。」

「……數學……講義？」

「他說是回家作業……」

「是喔……謝啦。」

「嗯……」

「……」

「……」

沉默再次襲擊我倆。

「——那就這樣，我先回家了……那個……請多保重。」

「啊、嗯……謝謝妳特地來。」

結果，我還是只能從新的面前逃離。看到新帶著筆記本轉身，我也離開新的家。

（啊啊啊……為什麼要說那種話啦……）

我後悔不已。

新一定也很想去學校啊，更何況我都看過日記，明知真實狀況是那樣了……

「我真是……笨蛋……」

眼眶一熱，正想擦掉即將落下的眼淚時……聽見呼喚我名字的聲音。

「——竹中同學！」

「咦……鈴木同學？」

聽見新的聲音，我情不自禁轉頭，正好看到匆匆跑出玄關的新。

「這個！謝謝妳！我很高興！」

（新……）

「明天或許還沒辦法，但下週我絕對會去上學！到時候再請多指教囉！」

「嗯！我等你！」

我一邊回答，一邊對新用力揮手。他一臉難為情的樣子走回家中。放下一顆心的我，反覆不斷回想新的樣子，踩著輕快的腳步回家。

而我……依然沒有從夢中醒來，在夢中迎向第二天。

醒來時，我躺在床上，夢中和現實都相同的場景——我家床上。

「這是……哪裡？」

看到掛在牆上的制服，我才發現自己還在夢中。

「——原來如此，因為連續讀了好幾天的日記所以……」

我睡前讀的是四月十一日到四月十六日的日記內容。這麼說來……到四月十六日為止，我都不會從這個夢中醒來囉。

「總而言之，得去上學才行。今天新應該還在請假……」

伸手去拿熟悉的制服，以熟悉的動作套上。對著鏡子稍作整理——鏡子裡的，是三年前的我。

「早安啊，我自己。」

低聲這麼說著，鏡中那個還留有幾分稚氣的我沒有回應。

——這是當然的啊。因為現在的我就是三年前的我。

「早安！」

「旭！早啊！」

走進教室坐在位子上，後方座位傳來陽菜的聲音。

「昨天沒問題吧？」

「啊、嗯，勉強算是沒問題。」

——而且也見到新了。我差點這麼說，幸好話到嘴邊又吞了回去。陽菜認識的是現在的我——這個我和新還幾乎一點關係也沒有。

「這樣啊，那妳今天也要去開會嗎？」

「今天……」

什麼都不知情的陽菜，為必須一個人去開班級委員會的我擔心。就在我一時之間難以回應時——眼前的陽菜不知為何張開嘴巴，好像想說什麼。

「……陽菜？」

「啊、旭……後面、妳後面！」

「嗯？」

這時我的身體向後轉向陽菜，陽菜指著我背後發出慌張的聲音。

（怎麼了啊？）

這麼想著回過頭，看到一個男生站在我面前。

「呃、你是……」

「妳是竹中同學吧？」

「……嗯。」

「這個，是新叫我拿來還妳的，還要我跟妳說謝謝。」

說著，那個男生遞上來的，是我昨天借新的筆記本。

「新學期一開始那傢伙就請假，正為這事沮喪呢。所以昨天好像很高興的樣子，我也得向妳道謝才行。」

「……這樣啊！是堂浦同學啊──」

「咦？」

「啊、抱歉，沒事。」

一開始我完全想不到這人是誰，現在恍然大悟了。就是堂浦同學，沒記錯的話，他是新的童年玩伴……

「──堂浦同學今天放學後也會繞去新家嗎？」

「怎麼？」

「啊……抱歉抱歉，當我沒說！」

不妙。那應該不是現在的我已經知道的事。

「不好意思啦，我還記不住班上所有同學的名字和長相。」

「喔，那我也是啊。所以別介意。只因竹中同學是副班長，所以我才記得住妳的名字，其他人也還……」

「那我就放心了。不過，真的很抱歉。」

「沒事啦——那這個，我就交給妳囉。我想那傢伙下星期應該就會來上學了……還要再給妳添幾天麻煩，不好意思。」

「嗯，明白了。沒問題的，謝謝你特地拿這個來。」

說完，堂浦同學就回到自己座位去了。

目光下意識追著堂浦同學跑，看到他走向深雪她們那個小團體。深雪一臉詫異地看了看他，又看了看我。

（也難怪她會訝異……）

想著想著，我的視線回到陽菜身上，陽菜不知為何趴在桌上，雙腳踢來踢去。

「陽、陽菜？」

「……」

「怎麼了……」

「旭，妳好奸詐。」

「咦？」

「……唔！沒事、沒什麼啦！」

「妳看起來不像沒什麼的樣子啊……」

「我說沒事就是沒事！是說，那是什麼？」

她想岔開話題——不過好像也對我手上的東西真的很好奇。陽菜疑惑地看著我手上的筆記本。

「喔，這個啊……這是昨天開班級委員會時我抄的筆記。」

「是喔——為什麼會在堂浦同學手上？」

「昨天回家時我拿去給新……我拿去給鈴木同學看，好像是鈴木同學託他帶來還我的。」

這麼說來……日記本裡堂浦同學去新家探望他應該是「今天」的事才對。我採取的行動，果然又開始改變過去了。

「是喔——旭，妳怎麼知道鈴木同學家在哪？是說，還特地拿去他家給他喔？為什麼？」

陽菜似乎覺得很奇怪。畢竟我才剛跟新同班幾天，只是碰巧當了班長和副班長，也不是特別要好的關係。

「我原本不知道啊，是田畑老師告訴我的……我也很猶豫要不要拿筆記去給他，找田畑老師商量後，他要我順便拿數學講義過去，所以……」

太牽強了。我的藉口怎麼聽都很牽強。

「是喔，這樣啊！旭妳人真好！不過，做人太好會禿頭喔——」

（總算含混帶過了……）

陽菜笑著這麼說，我也鬆了一口氣。不希望她深入追問太多的時候，她總是很快就會讓步。最喜歡聊天，個性開朗，很有女孩子氣，我最喜歡的可愛死黨。

「妳管太多了喔！」

「啊哈哈，開玩笑的啦！」

我們互相開著彼此玩笑，相視而笑。對我來說，這是三年前「理所當然」的時光。

「好，大家都到齊了吧！」

聽到田畑老師的聲音，我急忙轉向教室前方。把手上的筆記本塞進抽屜時，從裡面掉出一張紙。

「啊……」

這才想起，昨天怕新萬一真的臥病在床，所以寫了一張紙條夾進去的事。大概是不需要了吧。

我把紙條撿起來——上面的筆跡卻不是我的。

『——謝謝妳。筆記本和這張紙條都讓我很高興。』

上面這麼寫著。

（新……）

我忽然好想見他。見了面，要告訴他我最喜歡最喜歡他，再用力擁抱他。

——為了消除因為無法去見他而產生的惆悵，我將新寫的這張紙條緊緊擁入懷。

「不好意思，那就拜託妳囉。」

「好的——」

「旭，抱歉喔！」

「沒問題的啦！」

其實沒那麼不好意思的田畑老師，和真的覺得很抱歉的陽菜，看著放在我眼前堆積如小山的資料這麼說。

（雖然不是真的沒問題……不過……）

現在的我已經知道，等一下就沒問題了。因為……

「——我來幫忙吧？」

（來了……）

「……可以嗎？」

（和那時一樣……）

老師和陽菜離開後，來向我搭話的……是原本收完書包打算回家的深雪。

「嗯，反正我今天沒什麼事。」

「那就拜託妳了，可以嗎？」

過去沒有改變，即使現在我又經歷一次，狀況還是一樣。

這就是我和深雪友誼的開端。

——教室裡不斷響起釘書機的「喀嚓喀嚓」聲。

眼前的深雪，正把堆積如小山的那疊資料整齊地分成一份一份。

（啊，這也和當時一樣——）

本來就是重複一次過去的經歷，會一樣也是理所當然的事……三年前的那時，我們也像這樣不發一語地裝訂資料。

偶爾想攀談，對話總是持續不下去……結果幾乎從頭到尾都像這樣不發一語。當時我甚至覺得那段時間有點難熬……

「完成了！」

「咦？」

就在我盯著深雪看時，她已經把所有資料都裝訂好了。

「抱、抱歉，謝謝妳！」

「不客氣，那再見囉……」

說完，深雪拿起書包，正要走出教室時——

「——等、等一下！」

「有什麼事嗎？」

「我們一起走到校門吧？」

總覺得不想就這樣下去，我忍不住開了口。深雪露出訝異的表情說：

「可是，竹中同學不是得去跟田畑老師報告嗎？」

「啊……」

我忘記了。做完後得去跟老師報告的事。

「對耶……」

「——那我陪妳一起走到教職員室吧？」

「可以嗎？」

「反正要出校門前會先經過……」

「請等一下！我馬上準備！」

我急忙拿起書包和整理好的資料，朝等在門邊的深雪走去。

「抱歉，讓妳久等了。」

「——那個，我幫妳拿。」

話還沒說完，深雪就從我手中拿走一半資料。

「謝謝。」

「沒什麼啊，這點小事。」

這麼說時的深雪側臉，看來有些害臊。

「……」

「……」

後來，我們也沒多做交談。不過，這時的沉默已經沒有在教室時那樣教人喘不過氣了。

站在教職員室前，接過深雪手上的資料。

「——那就到這邊。」

「今天謝謝妳。」

「不客氣——下次需要幫忙再告訴我。」

我再次道謝，揮了揮手。深雪也一臉高興的樣子對我揮揮手。

讀完新的日記後重返的過去——但是我感覺到，在跟新無關的地方似乎也有什麼稍微改變了。

就這樣，迎向了今天的早晨。只是，有件事我很在意。

「今天是幾號……」

我睡著時的昨天是四月十二日。所以，正常來說，今天應該會是四月十三日。但是……

（新日記的下一篇直接跳到四月十五日，星期一。）

這麼說來，今天會是……

我拿起放在床邊的手機。打開一看……螢幕上顯示著四月十五日。

「果然……」

這個世界雖然是過去的世界……但只存在新的日記中。只會出現新寫下日記的日期。

「——那麼，如果……」

我產生了可怕的念頭……為了甩掉這個念頭，我從床上跳起來。

（如果改變過去，讓新不再寫日記……會出現什麼事？）

這麼想也不是辦法。

「總之，現在得盡力創造跟當時不一樣的未來……」

我喃喃自語，脫下睡衣換上國中制服。

「唔……竹中同學！」

正想走進學校大門時，背後傳來叫我的聲音。

（這聲音是……）

聽過無數次的，我最喜歡也最重要的人的聲音……

回頭一看，站在那裡的——是身穿制服的新。

「鈴、鈴木同學！」

「早安！上次多謝妳喔。」

「早安！你身體好點了嗎？」

「嗯！已經完全痊癒了！給妳添了麻煩真是不好意思。」

新一臉抱歉的樣子這麼說。沒想到會見到新，我心頭小鹿亂撞。因為……

（按照新的日記，今天他應該還會請假……）

——過去再次改變。

「不、不會啦！有陽菜……還有小嶋同學幫我的忙。」

「深雪？」

突然聽到深雪的名字，新歪著頭不得其解。這也難怪，這時的新應該以為我跟深雪沒有交集

——但是，正是新請假的緣故，為我和深雪搭起了友誼的橋梁。

「嗯，星期五放學後，她來幫我忙。」

「這樣啊，那還真過意不去。不過，今天起我也會一起加油囉。」

「謝謝你。」

笑嘻嘻的新，以前常見的，我最喜歡的新的笑容。

「啊，是新和竹中同學——」

往鞋櫃方向走時，聽見深雪的聲音。我一對她道早安，她就笑著朝我們跑過來。

「早安！是說，新你不要緊了嗎？」

「嗯、抱歉！聽說妳好像幫忙做了我分內的事——」

「啊……」

深雪朝我投以一瞥，有點害羞地說：

「那個，因為看到竹中同學一個人在忙，我就想說幫她一起弄好了……」

「怎麼會……」

「因為……」

「因為深雪一直在找機會想跟竹中同學講話啊。」

深雪身後，傳來一個調侃的聲音。

這聲音是——

「……堂浦同學。」

「早安，竹中同學，新和深雪也早啊——」

「奏多！」

聽了堂浦同學的話，深雪生氣地喊了他。

「——堂浦同學，剛才你說的是什麼意思？」

「她喔，好像青春期的男生一樣扭扭捏捏的，一直問我什麼時候找妳講話才不突兀。」

「奏多！不、不是的啦竹中同學，我沒有……」

「呵呵……」

看到深雪紅著臉不知所措的可愛模樣，和平常她給人的印象差太多了，我忍不住笑起來。

「等等，妳笑什麼……」

「哈哈哈！」

「怎麼連新都……」

「哈哈哈哈哈！」

「奏多！你很吵！」

沒想到深雪是這麼想的，那時的我毫不知情。

總覺得……好高興。

我笑著望向深雪。只見她似乎下定決心般對自己「嗯」了一聲，然後對我說：

「那個……我可以叫妳『旭』嗎？妳也可以叫我深雪就好。」

「好啊。」

「謝謝妳，旭。」

叫著我的名字，深雪還有點害羞地露出微笑。

「啊……那我也要！」

「我也要我也要！」

我對搶搭順風車的兩個男生說「可以啊」，瞬間——新的表情似乎很開心。

「以後叫我新就可以了——」

「那就叫我奏多囉。」

「啊哈哈，你們三位今後還請多多指教。」

我微笑起來，新他們也對我展現令人懷念的笑容。

和深雪他們一起走進鬧哄哄的教室時，和不知為何一臉驚訝的陽菜四目交接。

（……？）

姑且和深雪他們分開，我走向自己的位子。

「早啊、陽菜——妳怎麼了？」

「早安。沒怎麼啊……旭才是怎麼了呢，看妳和小嶋同學、鈴木同學，還有……堂浦同學，你們好像聊得很高興？」

「有嗎？……或許吧。」

即使是過去的事，能再次和新說話我確實很高興。高興得不得了——這麼想著回答之後，換來陽菜好像不太開心的表情。

「陽菜？」

「沒事啦！」

說完，陽菜從抽屜裡拿出講義，看也不看我一眼，開始寫習題。

（陽菜？）

我依然不知如何是好……就在這時，上課鈴響了。

「抱歉，那這個就麻煩妳囉。」

嘴上說抱歉，臉上倒是一點也沒有歉疚表情的田畑老師這麼說。

——後來，陽菜雖然一如往常跟我講話，但總覺得有點疏遠的感覺。原本想要放學後和她好好聊聊，但今天老師依然在我面前堆了一大疊資料。

「是……」

（沒辦法，只好明天再跟她說了……）

我轉換心情，做好跟那堆資料搏鬥的決心。

「這什麼？」

「今天鈴木也在啊！妳就好好使喚這傢伙吧！」

「是！」

看到新慌張的樣子，我不由得笑了起來。新也抓抓頭笑了。

「我今天也來幫……」

「嘿！深雪妳今天跟我一起回家啦！」

「奏、奏多！為什麼？」

「不要打擾人家！」

堂浦同學——不對，是奏多像帶小狗回家的主人一樣，把從新背後探出頭的深雪帶走了。

「抱歉喔，那兩個傢伙吵吵鬧鬧的。」

「不會啦，沒事。不過，就算他們留下來也不會打擾到什麼啊。」

想起奏多那句話，我笑著這麼對新說……新卻微微低下頭，嘴巴埋進制服領子裡，不知嘟噥了什麼。

「新？」

「──對我來說，可能會覺得被打擾。」

「咦？」

「很想和竹中同……很想和旭說話的……不是只有深雪喔！」

害羞地別開視線……新輕聲嘀咕。但是聲音實在太小了，我根本沒聽到他說什麼。

「你剛說什麼？」

「……什麼都沒有！快點把這些東西弄完吧！」

總覺得新好像臉紅了……應該是我搞錯了吧。

我們默默地把眼前的資料訂成冊。

「……」

「……」

抬起頭，眼前是一臉嚴肅的新。

（沒想到還能像這樣在新身邊……）

從那天起，想忘記他卻忘不了，但如果不騙自己已經忘了，又太痛苦。

一次又一次告訴自己，已經不要緊了，依然每次都在夢中追逐那天的新。伸長了手，還是觸摸不到他，只能哭泣……一次又一次地想起新。

「嗯？」

「啊……」

察覺我的視線，新疑惑地望向我。

「怎麼了嗎？」

「呃、嗯……」

「我臉上有黏到什麼東西嗎？」

急忙擦臉的新好可愛，我忍不住笑出來。

「啊、搞什麼嘛，妳笑了。」

說著，新也笑了。

兩人之間充滿和當時一樣的氛圍。在新的溫柔包圍下，曾經是那麼幸福。

「對了。我說啊……」

「嗯？」

「上次，謝謝妳呢。」

「咦？」

新帶著有點害羞的表情說。

「那個……我很高興喔，旭帶筆記去給我的事。」

「那就太好了。我還怕自己太雞婆呢。」

看著嘿嘿笑的我，新也難為情地笑了。

「我才沒那麼想！只是一直擔心自己會不會給妳添麻煩了……聽到妳說會等我時，真的超高興的！」

新直接的話語讓我不禁羞紅了臉，只能用雙手摀住。

「旭？」

「嗯……我在等……一直在等……像這樣和新在一起……」

從你對我說再見那天起，一直、一直……一直等待這天再度來臨。新終於在我伸手可及的地方，彼此相視而笑，叫喚對方的名字。一直想再重來一次的那些日子。

「旭、旭？」

「沒什麼啦！和新一起做這些工作我很高興，就只是這樣而已！」

「……嗯，我也是！」

我們看著對方，兩人都笑了，我的視線回到眼前的資料上。完成的速度比昨天還慢，一定是因為——因為和新獨處的關係！

「那我們快把這些做完吧！」

「也對！」

夕陽下的教室裡，我們偶爾開開玩笑，把那疊小山般的資料裝訂完了。

「結束了！」

「花了滿多時間呢。」

所有資料都裝訂好時，外面天色已經很暗了。以時間來說其實還不算太遲，只是四月天還黑得很早。

「辛苦了！」

「是啊，不過全部做完真是太好了。這些是教學旅遊時要用的吧？」

「對啊。差不多要著手準備教學旅遊的事了，在那之前得先把資料裝訂好才行。」

「抱歉啊，要不是我請假的話，應該更早就做好了。」

新一臉愧疚的樣子。我微笑對他說「沒關係」。

「要是新沒有請假的話，我或許沒有機會跟深雪說話啊。」

「這倒是……太好了。我這樣說對嗎？」

「啊哈哈，結果是好的就是好的！」

我笑了起來，新露出複雜的表情。

「好吧，算了！再說……我也跟旭變成好朋友了！」

「咦……」

「欸？不是嗎？只有我這麼以為嗎？哇，好丟臉喔！」

「不、不是這樣啦！」

「真的嗎？」

我急忙更正，新還不放心地看著我。那模樣就像被丟掉的小狗……實在太可愛了，我拚命才忍住不笑出來。

「嗯！我們變成好朋友了！變成好朋友了！」

「那就好！」

新紅著臉笑了，一樣笑著的我臉也紅得不輸給他。

「天都黑了呢。」

「對耶。」

「要是天再慢點黑就好了。」

「白天很快就會變長囉。」

我們閒聊著不重要的小事，並肩走出校門。

「啊……我走這邊。」

在出學校不久後的轉角，我對直走回家的新這麼說。

「喔……這樣啊。」

「嗯、所以……」

「對了！妳等一下！」

新打斷我的話頭，忽然跑掉了。

體。

（他上哪去了啊？）

即使穿著長袖制服，春天的夜風吹來還是有點冷。站在街燈下等待，我忍不住環抱住自己的身體。

「好冷……」

「抱歉，讓妳久等了！」

「呀！」

忽然從黑暗中出現的新……把不知道什麼東西塞進我手中。我情不自禁大喊，新就笑了起來。

「這是……熱可可？」

「嗯，算是上次的謝禮。」

「不用這麼客氣啦。」

「我自己也想喝嘛。」

這麼說的新，手中拿著罐裝黑咖啡。

（啊……）

是新喜歡的黑咖啡品牌。

新曾說他喜歡在家泡的，也喜歡這個。我也學他嘗試了幾次黑咖啡，但每次都喝不完。「旭真是小朋友——」他總是這麼說著，幫我喝完。

「嗯？」

「啊……你喜歡喝咖啡啊？」

「咦、喔，這個啊？對啊。在家泡的也很好，不過偶爾也會想喝這個。」

笑容還有幾分稚嫩的新這麼說。黑咖啡和這樣的他實在太不搭了，我忍不住笑出來。

——要是沒有笑出來……我一定會哭吧。曾經和我在一起的新與眼前的新重疊，想起往日回憶，我一定會哭出來……

把手上的罐裝咖啡一口氣喝光，新咧嘴一笑對我說：

「那就這樣吧，小心回家！別感冒囉！」

「新也是！明天見！」

「明天見！」

我們的距離還沒縮短到能走同一條路回家。

不過，手中熱可可的溫度就像溫柔的新——我非常、非常幸福。

只是，這時我還不知道。

改變過去時，發生的未必全都是好事。

在刺眼的陽光下睜開眼時，一如往常躺在床上。

「又是……早上了……」

一醒來，我便下意識地伸手拿手機。

接著，確認日期。

「四月十六日……」

新的日記中，我最後讀的一頁就是這個日期。這麼說來，今天結束後，我就會從夢中醒來了嗎？

（在夢中過了這麼多天，都快搞不清楚什麼是現實，什麼是夢境了……）

原本新應該從這天才來上學，所以雖然只是一點點——但過去確實改變了。過去的這個時期，我還沒和新及深雪變得這麼熟，現在的我也根本沒叫堂浦同學「奏多」過。

新的童年玩伴——對我而言，堂浦同學只是這樣的存在。

「這樣就可以了吧。」

我忍不住喃喃自語。但是——永遠不會得到這個問題的答案。

（咦？）

正要進教室，卻沒看到平常總是比我先到的陽菜。

（她今天請假嗎？怎麼都沒跟我聯絡……）

確認了手機，沒收到通知。儘管覺得奇怪，但我心想還是先到位子上吧，走進教室時，背後有人叫我。

「早安，旭。」

「早……早安！」

回頭一看，原來是堂浦同……不，是奏多。

「妳來得好早，平常都這時間到？」

「差不多都這時間吧。奏多也是？」

「我應該也差不多。新就慢一點了。」

這麼說來，我才想到他平常確實都在上課鐘響時才急忙跑進來。想起田畑老師總是傻眼地斥責遲到邊緣的新，忍不住笑起來。

「所以啊，我想他昨天一定很期待來上學。」

「咦？」

「因為他比平常早了超過三十分鐘啊。旭去他家看他的事，新好像真的很高興喔。」

奏多笑嘻嘻地說。我什麼都說不出來——紅著臉快步走向自己位置。

（真是的，總覺得一切好像都被奏多看透了……）

坐下來，放好書包，為了讓漲紅的臉降溫，我舉起手搧風。這時，陽菜忽然站在我面前。

「……陽菜！早啊。」

「……早。」

不知是否錯覺，她的聲音好低沉。

「那個……妳今天好晚喔！還以為妳請假了呢。」

「我不能來嗎？」

「咦？」

「抱歉……當我沒說。」

「當我沒說」——陽菜說這話時，臉上的表情很難受。

「陽菜？」

「妳可以不要管我嗎？」

「陽菜……我做了什麼嗎？」

「……」

「陽菜？」

「——抱歉。」

說完……陽菜走向自己的位子。

陽菜的位子在我後面，只要回頭就能看到她。可是不知為何，就連這一個座位的距離都變得好遠。

晨間班會結束，準備上第一堂課時，我拉開椅子，不小心撞到陽菜的桌子。

「啊、抱歉！」

「……」

我回過頭，陽菜卻看也不看我的臉。

「噯、陽菜……」

「……」

——什麼都不說。

我受不了和陽菜之間的氣氛變成這樣，視線只好轉回自己位子。

「旭。」

「……奏多？」

這時，跑來跟我說話的，和早上一樣是奏多。

「——唔！」

「啊！」

劇烈碰撞聲使我回頭……正好看到陽菜往教室門口走的身影。

（陽菜？）

「抱歉，我剛剛不該叫妳的嗎？」

「……不會，沒事。怎麼了嗎？」

「新那傢伙身體有點不舒服，被下令第一堂課去保健室休息了，請妳代替他喊口令。」

「咦？他沒事吧？」

聽了奏多的話，我忍不住往前探身。奏多微笑著說沒事。

「只是有點不舒服而已。他說中午應該就能回教室了，別擔心。」

「可是……」

（該不會是心臟……）

奏多不知是否誤會了我不安的心情，再次笑著說：

「沒事的啦！不會把班長一整天的工作都丟給妳。」

不是這樣的……不是這樣的，可是——我什麼都說不出口。因為，現在在這裡的我照理說應該對新的病情一無所知才對。

「我知道了。上午就由我來喊口令吧，謝謝你特地通知我。」

「嗯，那就麻煩妳囉。」

說完，奏多回到自己座位上。

接著——陽菜始終沒回來，第一堂課開始了。

「竹中，辻谷上哪去了？」

「我不知道……」

數學課結束，午休一開始，田畑老師就來找我。

——結果，一直到上午的課程結束，陽菜還是沒回教室。手機也沒開機，聯絡不到她。

下課時間，我去廁所和保健室看過，也沒找到陽菜的身影。

「不過書包還在，她應該不是回家了……」

「嗯，再不回來的話，我就得跟她家人聯絡了，在那之前妳也幫忙找找看好嗎？」

「好的。」

就算老師沒吩咐，我也打算這麼做……為了尋找應該還在學校內的陽菜，我走出教室。

「旭？」

「新！」

打開教室門，映入眼簾的是正打算開門的新。

「怎麼了？匆匆忙忙的？」

「呃……有點事。倒是新你不要緊吧？」

「抱歉讓妳擔心，我已經沒事了喔！」

「那就好！」

「真的很抱歉，下次請妳喝果——」

新還來不及講完「果汁」，我已匆匆奔向走廊。

「新！對不起！我有點急事，待會兒再聊！」

「咦？旭？」

我向前跑，背後傳來新錯愕的聲音，但我沒有回頭。

（得找到陽菜才行……）

我穿過走廊，去了下課時間沒能去的地方。還有離校舍不遠的老舊圖書館。

（她好像不在校舍中，既然如此，陽菜一定是在這……）

推開沉重的大門，裡面是微暗中帶點霉臭味的安靜空間。

走進建築深處——不出所料，陽菜果然在那裡。

「陽菜……」

「旭……」

「終於找到妳了，我們回教室吧？」

「……不要。」

「陽菜……」

陽菜坐在窗邊，我走到她旁邊也坐下來，她卻完全不肯看我。

「陽菜……對不起，我想我應該做了什麼惹妳不高興，但我實在想不出是什麼……」

「……」

「可是，和陽菜變成這樣實在太傷心了，所以——」

我拚命想話講，陽菜還是低著頭。

「所以，請妳告訴我在生什麼氣好嗎？」

「……」

表達是一件困難的事，對正在生自己氣的人表達心意更不容易。但是，我不想——不想像這樣莫名其妙失去朋友。

「……」

「旭，妳最近好像和堂浦同學很要好。」

「欸？」

完全沒預料到她會這麼說，我發出可笑的聲音。

「奏、多？」

「還有鈴木同學和小嶋同學也是！」

「有、有嗎……可是這和妳……」

我和新他們變成好朋友的事，和陽菜生氣的事有什麼關係嗎？我一頭霧水。

不過，這麼說起來，上次陽菜也說了類似的話——「妳和堂浦同學好像聊得很高興」。換句話說，她該不會是……

「陽、陽菜，要是我弄錯的話很抱歉，陽菜妳該不會是……對奏多——」

「才、才沒有呢！我才沒有喜歡堂浦同學……」

「陽菜，我都還沒說到那裡……」

「啊啊啊！不是、不是這樣啦，真的！」

面紅耳赤的陽菜為了掩飾自己的表情，拿起旁邊的書遮住臉。

（原來如此，所以她才……）

「可是！不只是這樣……」

「陽菜？」

「總覺得……旭和堂浦同學他們在一起時，好像比跟我在一起時開心……」

「陽菜……」

沒這回事！我想這麼說……但說不出口。因為，對現在的我來說，和陽菜睽違了三年沒見……

和每天見面的國中時期比起來，確實感覺有點生疏。

過去的我……和陽菜之間的距離感一定不是這樣。

（抱歉啊，陽菜……）

「陽菜，其實我啊……」

雖然不能把真相告訴她……但我可以……

「什麼？」

「我喜歡新。」

在這個——現在已成過去的世界中，我還沒把這份心意告訴過任何人……現在我決定對重要的好友坦白。

「咦？咦咦！新是指……鈴木同學？」

「嗯。」

「咦、為什麼？為什麼？啊、所以上次妳才會去他家？」

陽菜急切探身詢問的表情，和剛才的陰暗表情不同，已經恢復為平日開朗的她了。

「難怪……所以妳才會和堂浦同學他們變要好？」

「和新聊著聊著，不知不覺就跟大家都變成好朋友了。」

「那……那……妳不是喜歡堂浦同學喔……」

「……抱歉。」

陽菜望向我，似乎鬆了一口氣。

「妳終於肯正眼看我了。」

「不，我才該向妳道歉……對不起。」

我們看著彼此，向對方道歉，同時微笑起來。

「呼——緊張死了。那件事我只有告訴陽菜妳，幫我保密喔。」

「嗯……」

朝教室走去時，我對陽菜這麼說。陽菜也小聲地說：

「也要幫我保密喔。」

「嗯？」

「我也……其實，我也對堂浦同學有意思。」

「……這樣啊。」

「嗯……所以，幫我保密喔。」

「我知道了。」

「——約好了喔。」

互相道歉，再次朝對方展露笑容後，總覺得我們已恢復從前的距離。

「啊！回來了！」

「咦、新？」

「歡迎回來。」

「堂、堂浦同學！」

回到教室時，新和奏多站在門口。

「因為妳們一直沒回來，有點擔心。」

「這樣啊，抱歉。」

站在這麼說著的我們身邊，陽菜顯得手足無措。

「陽——」

「啊、辻谷同學。」

「什、什麼事？」

（陽菜，妳都破音了……）

奏多大概也和我想著一樣的事，一瞬之後——他噗嗤一笑。

「哈哈！妳那是什麼反應啊。」

「抱、抱歉！」

「吼唷，很好笑耶。我要說什麼來著……對了，田畑老師要妳們回教室後去一趟教職員室。」

「這、這樣啊，謝謝你！」

難為情到了極點，陽菜急著就想跑上走廊，奏多叫住了她。

「啊、我正好要去交這個，跟妳一起去吧。」

「咦、咦？」

說完，奏多也朝教職員室邁步。走在他身邊的……是笑得有點尷尬的陽菜。

（陽菜……抱歉啊。）

改變過去，就表示也會發生過去沒發生過的事。

——那不一定會是與新有關的事。

這理所當然的道理，在陽菜這件事之前，我完全沒想到。

想著受了傷的好友，我對身旁的新微微一笑。

這天放學後，我和新坐在樹蔭下的長椅上，一起吃可麗餅。

「這很好吃耶。」

「嗯、嗯。」

新大口嚼著手上的可麗餅，臉上滿是笑容。

（怎麼會變成這樣？）

放學後的我們正在約會……才怪，是受老師所託，來附近商店街跑腿。

「話說回來，田畑老師真過分。竟然說既然我們作業提早寫完了就去幫忙跑個腿。」

「真的……」

「而且奏多他們還把全部的事都丟給我們。」

「他們要參加社團活動，也沒辦法……」

沒錯——老師叫我們跑腿時，陽菜、深雪和奏多也在場，老師原本是叫大家一起來的。

「啊、我有社團活動。」

「我也有……」

「那我也算有好了。」

這麼說著，那三人就跑掉了……結果，只好我們兩個人來。

站在我的立場當然是很開心……不知道新怎麼想呢？對我來說，新是我喜歡的人——但是，對現在的新來說，我只是個剛認識不久的同班同學吧。

站在他的立場一想就覺得……嗯，有點尷尬。

「嗯？妳怎麼了？」

「沒有啦……我是想說，陽菜和深雪都要參加社團活動也沒辦法，奏多怎麼不跟我們一起來。」

「……」

「新？」

和熟悉的好朋友一起來不是比較好嗎——我其實是這個意思，新卻不知為何露出不同意的表情，也不說話。

「咦？」

「旭比較想跟奏多一起來嗎？」

「你怎麼了？」

「我……能跟旭一起來，我很高興喔……」

「新？你剛說什麼？」

最後那句話太小聲了，我沒聽清楚，忍不住反問。

「沒什麼！」

「新、新……」

說著，新站起來，把吃完的可麗餅包裝紙揉成一團，朝附近垃圾桶走去。

（突然怎麼了？）

我不知所措，只能看著他的背影……新朝我轉頭。

「抱歉！沒什麼！我們快把老師吩咐的事辦好吧！」

這麼說時，新的臉上已是一如往常的笑容。

走了一會兒，我們在某間店門口停下來。

「我看看……應該是這裡吧？」

「好像是喔。」

這應該就是我們在找的店了——嗯，和地圖上畫的一樣。

「您好……」

我們怯生生走入店內，店裡的人上前迎接。

給對方看了田畑老師的提貨單，對方就說「東西在裡面，請等一下」，然後就走掉了。

——我忘了去拿訂好的東西，因為明天無論如何都得用到，你們去幫我拿好嗎——田畑老師是這麼說的。那東西是……

「這是……頭巾？」

「是啊……而且是我們的班級色，應該是要給我們用的吧。」

頭巾的淺藍色是我們班的班級色。

「明明可以請人配送，為什麼還要特地來自取啊。」

「就是說嘛。」

苦笑著交出提貨單，接過袋子……比想像中還重。

「哇！這還滿重的……」

「我來拿。」

從我手上輕鬆接過袋子，新笑著說。

「這種工作就交給男生來。」

「可是，老師也有派我來……」

「吼，真是的……讓我耍帥一下嘛。」

新紅著臉走出店外，準備踏上回程的路。

「啊、等一下啦。」

「不等妳了喔。」

說著，新還是停下來等我追上。

「謝謝。」

「……雖然沒奏多那麼可靠，但我也是有派得上用場的時候。」

「奏多？」

這麼說來，他好像從剛才就一直提奏多……

該不會——不，可是難道……

「難道你以為我比較想跟奏多一起來嗎？」

「不是嗎？」

「——因為是和新一起來，所以我才這麼高興。」

情感該表達到什麼地步才對呢？

全部說出口，好像就變成告白了……

「……我也是！」
「咦？」
「我也是，和旭單獨一起來所以很高興！」
「新……」
「所以，下次再一起來吧！不一定是幫老師跑腿的時候！」
「嗯！」
新毫不掩飾地向我表達了情感，讓我心裡有點癢癢的。
看著新耳朵發紅，一臉害羞地轉過頭，感受到我們的距離一點一點拉近，我也心跳加速。
可麗餅吃了，老師拜託的東西也領到了，剩下的就是回學校了——這麼一想，走在新身邊的我忽然有點寂寞。
就這樣分開的話，下次見面將是我再次讀完日記睡著之後……
「——新！」
「欸？」
「那個……那個……」
我情不自禁喊住了他……可是，又不知道要說什麼。拚了命地思考，還是什麼都想不到……
「沒有啦……沒什麼。」
「……」
結果，我還是只能含混帶過。凝望這樣的我，新東張西望了一會兒，然後說——

「噯、要不要去那裡？」

新指的是——從夢幻可愛的小東西到模型玩具都有賣的雜貨店……

「可以嗎？」

「怎麼會問可不可以，是我提議的耶，旭妳真好笑。」

說著，新笑了……一定是因為我露出還不想回家的表情——

「謝謝你。」

「為什麼要道謝啊，來吧，我們走！」

新拉著我的手，走進那品項眾多的不可思議雜貨店。

店內擺滿了商品，從奇特的商品到從未見過的商品都有。

「噯、旭，妳看這個。」

「嗯？這是什麼？」

「是科學怪人喔！」

「哈哈哈，你要戴那個去學校喔？」

「這好可愛！」

「女生說可愛的通常都是怪東西。」

「咦？會嗎？」

看著造型頭套和絨毛玩偶等商品，我和新你一言、我一語地聊開了……剛才寂寞的氛圍已不知去向……新溫柔地笑看這樣的我。

「啊，好開心！」
「真的！今天謝謝你了。」
「我才要謝謝妳，那就明天見囉。」
「嗯！」
站在通往我家與新家的岔路口，今天也在此道別。目送揮手的新離開後，我獨自踏上歸途。
（當時——交往的時候……總是一起走這條路回家啊。）
彷彿天經地義，當時的新理所當然地走在我身邊。
（但是現在……）
「旭！」
「咦？」
正當我沉浸在孤單的思緒中時，新氣喘吁吁地抓住我的肩膀。
「這個！」
說著，新拿出來的，是一個小小的手機吊飾。
「那個……剛才我在店裡看到，總覺得很像妳！如、如果妳不想要就直接丟掉吧！那就這樣！」

把手機吊飾塞給我後，新匆忙轉身，再次踏上剛才那條路。被留下的我，手中拿著小貓造型的吊飾。

「什麼時候買的啊……」

現在的我與新之間，多了一樣過去沒有的回憶。

「謝謝你，新。」

把他送我的吊飾掛上手機，我獨自踏上與新反方向的路。

第二章

——從睡夢中醒來。

眼前景象和睡前沒有兩樣，使我確定在這裡的我是現在的我。

「回到現在了啊。」

環顧房內，毫無疑問這是我的房間——但卻不知為何，有種突兀的感覺。

掛著的是高中制服，放在書桌上充電的是智慧型手機——一如往常的我的房間，卻突兀地不像是我的房間。

「總覺得……有點難受……」

都已經不知道在過去與現實之間來回多少次了，內心仍感覺如此沉重，這一定是因為……在那邊連續過了好幾天的關係。

理所當然似地和新共度了每一天……

「這邊的世界裡，新卻已經不在了……」

沿著臉頰滑落的淚水沾濕我的睡衣。

我想大聲哭喊，想呼喚新的名字，想訴說對他的思念……可是，一想到家人會擔心，我就無法這麼做。

「嗚嗚……嗚……嗚……新……」

我拚命地壓抑聲音，不斷用睡衣袖口擦拭淚水。

「得起床準備才行了……」

必須去上學。說來理所當然，現在的我也有非過不可的日常生活。

揉了揉眼淚尚未全乾的眼睛，我從床上起身。

脫下睡衣，換上制服，確認今天上課的內容，從書桌旁的書櫃裡拿出要用的課本放進書包。

「啊……」

書桌上，新的日記放在那裡。昨晚讀過之後還沒收。

「唔……」

內容一定改變了——應該要改變才對，可是……

在這個新已經不在了的世界，要我去回顧新還在時的幸福時光，這實在教人很難受……我無法打開日記本，就這樣悄悄走出自己房間。

「旭，早安。」

一到教室，深雪和平常一樣向我打招呼。

「早安。」

「妳沒事吧？」

「嗯……」

「臉色很難看耶？」

「沒事的啦。」

我試著做出笑臉，深雪卻一臉不認同的樣子看著我。

（果然什麼都瞞不過她啊……）

也不想想我們都做了幾年的朋友——深雪的表情像在這麼說，我只好無奈地開口：

「——我一口氣讀了好幾天的日記，睡著後就連續出現了那幾天的夢境……」

「這樣啊……」

「醒來時，想到新已經不在這邊了，我就……」

「旭……」

我一邊說明，一邊死命忍住眼淚，然而——眼前深雪的桌上卻出現淚滴。

「為什麼？為什麼是深雪妳哭了啊。」

「我也不知道啊！不知道，可是……嗚嗚……」

「別這樣啦……不然連我也……」

淚水終於抑制不住……滴在深雪桌上，和她的眼淚混在一起，形成一片小水窪。

「嗚……」

「嗚嗚……」

看著相對流淚的我們，班上同學露出訝異的表情。

「我回來了……」

「打擾了。」

那之後，連導師都擔心地來看我們，還要我們早退回家。

「可是，真的沒關係嗎？早退卻跑來我家的事要是被發現……」

「沒問題的啦，我跟媽媽聯絡過了，說我因為擔心旭，所以先送妳回來。」

深雪笑咪咪地說。我不禁佩服她的設想周到。

「再說……夢境的事，我也想聽妳說啊。」

「說得也是……」

打開我房間的門，深雪望向書桌上的日記本。

「不過，我還是只知道已經改變的過去……」

「好像是這樣耶……」

回家途中，我把昨晚夢到的內容告訴深雪。

在夢中度過的那四天發生的事。

「昨天，旭跟我說了改變過去的事，還說原因出在新的日記本，以及改變的過去是國三那年的事。這些我還記得。」

深雪一一向我確認。

「可是，妳所說的『改變之前的過去』——不管我怎麼想都想不起來，總覺得我原本就沒有那方面的記憶。」

「深雪……」

沒幫上忙真抱歉——深雪露出哀傷的表情。

「旭兩邊的記憶都在是嗎？」

「嗯……只是雖說記憶還在，也不是記住三年前發生的所有事——應該說是看了新的日記後，想起還沒改變前的事吧。有種……『喔，這麼說來確實發生過這些事』的感覺。」

「這樣啊……」

深雪默不吭聲，像在思考什麼。

「如果是他的話……」

深雪用我聽不清楚的聲音沉吟。

「深雪？」

「抱歉，我還是回家好了。」

「咦？深雪？」

似乎想起了什麼，深雪跑出我房間。

「妳怎麼了？」

「別擔心，總之明天學校見！」

「深雪！」

深雪匆匆離去，不知所措的我，只能望著她的背影。

「……又剩下我一個人了。」

獨自待在安靜下來的房間裡……我怎麼也無法不去注意桌上的日記本。

——想起和新度過的日子。

明明還想再看到他……卻因為太痛苦，沒有勇氣再打開一次日記本。

「新……」

我輕聲呼喚他的名字。那個會對我笑的人，已經不在這個世界上……

用手背擦拭溢出眼眶的淚水，瞬間，我唐突地想起……

想起夢中發生的事。

應該說，為什麼一直沒想起呢？為什麼能忘記呢？

「收到哪裡去了啊……」

媽媽老是嘮叨說那裡面有個資，拜她所賜，那東西沒有丟掉。

再者……如果過去已經改變了，我更沒理由丟掉它。肯定丟不下手。

「找到了！」

那東西放在小盒子裡，收在衣櫃中。

「新……」

我緊緊握住那個東西——掛著小貓吊飾的舊機種手機。

思念著現在已經不在的他……

「完成了！」

拿在手上的，是夢中收到的那個手機吊飾。我把它從以前使用的手機上拿下來，裝到現在的手機上。

「對現在的我來說……也等於是剛收到的禮物嘛，所以沒關係。」

小貓已經有點舊舊髒髒，這表示它經歷過我所不知道的一段歲月——我裝作沒發現這一點，緊緊抓住手機吊飾……凝視眼前新的日記本。

「新……」

新已經不在的這個世界，好寂寞。

「新……」

下次再從夢中醒來時，我能忍受得住再次襲來的喪失感嗎……

「可是……」

即使如此……

「我還是想見你，新……」

於是……為了追尋已經不在這世界的新的身影，我再次打開了日記本。那裡——記載著因為我而改變的過去。

4月11日

太慘了。只好趕快請假。

今天原本要參加各班級正副班長組成的班級委員會……

正感到對竹中同學不好意思時，她竟然來家裡了。

是老師請她來的嗎？

算了，原因不重要。

我好高興。

明明只請了一天假，為什麼有種會被大家遺忘的感覺呢。

明天得去醫院，又不能去學校了……為了下週一就能去學校，我要加油。

4月12日

早上，我把竹中同學的筆記本交給奏多。

那傢伙笑得賊賊的，是不是誤會什麼了……

去醫院檢查的結果很不錯，連醫生都驚訝了。

「發生了什麼事嗎？」

醫生這麼問……我想不出發生過什麼特別的事。
只是……腦中浮現了竹中同學的臉。

為什麼啊。

4月15日

睽違四天終於上學啦！
和旭（可以這麼叫她了！感謝深雪！）一起裝訂了文件。
奏多一邊對我說「你欠我一個人情囉」一邊拉走了深雪。
什麼人情嘛……不過，拜他之賜和旭說了很多話。
好像，感情加深了一些。

對了，回家路上買了熱可可給她，不知道有沒有買對。
希望她不討厭喝甜的飲料啊。是不是應該買熱咖啡才對……

……明明只是些小事，我怎麼會這麼在意呢……

4月16日

太慘了，一大早身體就不舒服，到了學校還輕微發作了。

雖然症狀很輕微，老師還是說了好幾次叫我早退回家，而且這麼一來，直到中午都無法回教室了……

原因應該是……睡眠不足加上早上奔跑了吧。

晚上想東想西的，無法順利入睡。

不過，到了下午總算能回教室上課，真是太好了！

放學後和旭一起幫田畑老師跑腿了。

老師也真是的，幹嘛不自己去拿啊……

話說回來，託他的福和旭一起吃了可麗餅聊天，很開心！

……我該不會……

寫成文字有點難為情，不寫了。

明天要開始準備春天的教學旅遊了。

我一定要參加，加油吧！

讀著新的日記，想起夢中發生的種種。

對我而言那雖然是夢境，對其他人來說卻是曾經發生過的事。

可是……

「一定還不行……」

雖然一點一滴地改變了過去，但現在還是一樣。這個世界的我依然在三年前的那一天和新分手至今。

4月17日

為了春天的教學旅遊，今天決定好分組和每一組的幹部了。

我這一組有旭、奏多、深雪和旭的朋友辻谷同學。

奏多一下子就直接叫辻谷同學陽菜……那傢伙交朋友的技巧我真是學不來……

因為我和旭還要忙班級委員會的事，就把組長的任務交給奏多了。

那傢伙偶爾也該動一下！

……對了，旭把吊飾掛上手機了。

怎麼辦，超開心的。真的超級開心！

——我果然……或許真的喜歡旭……

不是或許！

我喜歡旭！

「嗚……」

突然看到新的告白，我的心臟像被人抓住一樣揪得好緊。

「新……」

好高興！好高興，可是……

「咦？」

怎麼會這樣。

「眼淚……停不下來……」

還有比這更悲傷的告白嗎？

他明明寫著喜歡我，我最喜歡的人明明寫著他喜歡我……

可是那個人，已經不在了……

「好想見你喔，新……」

我心意已決。

打算闔起新的日記本，視線回到本子上。

「……咦？」

有個奇怪的感覺。是文章嗎？還是句子？或者……

「……」

雖然想好好思考，回過神時，眼中卻只有新寫的「喜歡」兩個字了。

加速的心跳使我停止思考。

——強忍著內心的激動，我放棄思考，闔上日記本。

「等等我喔。」

把覺得突兀的感覺掃到腦袋角落，為了去和新見面，我閉上眼睛……啟程前往夢的世界。

◆◆◆

那天起，只要一閉上眼，腦中就會浮現新毫無心機的笑容。

一旦睜開眼就知道那只是夢，忍不住哭起來。

可是……

「嗯，回來了。」

出現在我眼前的光景，是我不斷在內心描繪的，他還在時的情景。

「啊……」

枕邊的手機上掛著他送的小貓吊飾，還一點也沒有變髒變舊，是新的手機吊飾。

「新……我——」

為了不忘記睡前下定的決心，我用力抓緊手機吊飾。

「早安！」

「……早安！」

一進教室，陽菜和平常一樣和我打招呼。

起初還有一瞬間的尷尬，看到對我微笑的陽菜，我就放心了。

「昨天真抱歉，因為要參加社團活動，沒辦法陪妳一起幫老師跑腿。」

「啊、不會啦，沒關係。」

把書包放在桌上，我這麼回答。陽菜從桌子後面探身過來，戳了戳我的背。

「嗳、怎麼樣？」

「咦？」

陽菜臉上掛著促狹的笑容這麼問。

「和鈴木同學兩人獨處，怎麼樣？」

「唔……」

「好羨慕妳喔，都可以和喜歡的人獨處——」

「真是的！不要開我玩笑啦！」

「抱歉抱歉。」

看到我嗔怒的樣子，陽菜笑了。

——嗯，沒事了。

「我們只是受老師所託去領東西而已啊。」

「喔，是嗎？」

「怎樣啦。」

陽菜還是笑得賊賊的，伸出手指指向我的裙子口袋。

「那是什麼？」

「哪個？」

順著陽菜視線望去，原來是從口袋裡露出來的手機吊飾。

「啊……」

「昨天妳的手機上還沒有這東西吧？」

「……」

「開玩笑的啦。」

「咦？」

「看來你們進展得很順利，太好了。」

陽菜笑著說，似乎為我感到高興。

「我也不能輸給旭，得好好加油囉。」

「嗯！」

看到陽菜握拳激勵自己的樣子，我也笑了。

「那麼，今天的延長班會除了確定教學旅遊的分組外，還有什麼事來著？」

「還要決定每一組的組長和幹部。」

我和新站在講台上，對全班同學說明。

「對對、就是這樣！大約五到六人一組，男女同組也ＯＫ——」

班會在新的主持下很快地進行，田畑老師……把事情丟給我們，自己盯著窗外的小鳥。

「這樣應該可以了吧？在那邊發呆的田畑老師！」

「喔，這樣就好。可別做出排擠同學那種麻煩事喔——人數太多或太少的組，就隨機應變調整一下。」

（真、真隨便……）

我一邊在黑板上寫下注意事項一邊苦笑。不過，我並不討厭這種氛圍，班上同學應該也是吧，教室裡充滿笑聲，氣氛很不錯。

——當班上同學紛紛找自己喜歡的人分組時，新對我說：

「噯、旭已經決定要跟誰一組了嗎？」

「咦？」

「該不會……不跟我們一組吧？」

雖然語氣像是隨口說說，我卻注意到新的臉有點紅。

「咦？呃……啊、可是……」

腦中閃過陽菜的臉。

「不想嗎？我應該會跟奏多一組，還有深雪喔。」

「——對了！」

我想到一個好主意，對著一臉疑惑的新說：「那個啊……」

「大概是這樣，所以就這麼辦吧！」

「咦、咦？」

「嗯，應該沒問題吧。」

「太好了！好期待！」

「請多多指教囉，辻谷同學。」

除了一個人驚慌失措的陽菜外，分組進行得很順利。陽菜、奏多、深雪以及我和新，我們五人一組。

「啊、對了！我和旭還要忙班級委員會的事，組長和副組長不要找我們當喔。」

「欸，怎麼這樣——」

「好吧，這也是沒辦法的事，你們確實很忙。」

「……唔、嗯。」

奏多說了一句「對不對，辻谷同學？」陽菜只能羞紅了臉回應。

……她的態度這麼明顯，三年前我怎麼都沒發現。就在我懷著不可思議的心情回憶往事時，其他人已經用猜拳方式決定好組長了。

結果，組長是奏多，副組長是陽菜。

「你就乾脆點認了吧，奏多。」

「早知道應該出剪刀！」

「真的！」

「呵呵呵……」

看到陽菜逐漸融入，也能好好加入大家的對話，我就放心了。

原本還擔心是否不該擅自拉她加入小組……現在看來應該沒問題吧？

（這麼說來……當年只有我和陽菜兩個人，還傷腦筋了半天呢。）

對現在的我來說，那是三年前的事了。當時我和班上同學都不太熟，和陽菜兩人不知該加入哪一組才好。幸好後來有個人數不夠的四人組向我們招手。

——像這樣想起當年的事……我才發現不對勁。

（咦……對喔，當時我加入的小組，是包括陽菜在內的六個女生。）
那麼，為什麼現在卻是這樣。
（為什麼新的日記裡，寫的卻是我和他們同一組呢……）
那日記應該是三年前新寫的日記才對……照理說，我跟他不同組啊……
（這是……怎麼回事……）
我凝視身邊的新……內心的疑問沒有得到解答。

「——那就這樣，我把這拿去給老師喔。」
「啊、嗯，麻煩了。」
我發呆時其他人已經討論完了，也決定好小組幹部。
「我們走吧，陽菜。」
「嗯、嗯！」
奏多和陽菜把寫有小組成員名字的紙拿去給老師。
——回來後，陽菜跑到我身邊，小小聲說：
「謝謝妳。」
這麼說的她，還是一樣滿臉通紅。
「那我之前沒注意到陽菜心情的事可以一筆勾銷了吧？」
「嗯！」

陽菜笑著點頭，我鬆了一口氣。

延長班會也順利結束，班上同學在雀躍的心情中準備開始下一堂課。

我攤開課本，一直思考剛才的事。

（……對了，不只分組的事——）

昨晚滿腦子都是新寫的「喜歡」兩字，所以才疏忽了……

（稱呼方式也是……還有手機吊飾也是。那個手機吊飾，是現在的我回到過去時收到的啊。）

所以，照理說日記裡不該有這種內容——那是三年前的新寫的日記，那本日記裡……

如果寫了這樣的內容，就表示——

（日記的內容也改變了？）

因為過去已經改變，日記內容跟著改變或許也是理所當然？

可是，在這一刻之前，我都沒有懷疑過。

一心認定那日記的內容就是三年前我實際經歷的過去。

（腦袋快要錯亂了……）

在我腦中，有著三年前的我的記憶，再加上現在重新經歷過去的記憶。可是，除了我以外的人的記憶，如果都以被我改變的過去為基準的話……

（那我腦中的記憶到底是什麼？）

愈想愈覺得腦袋好沉重……

「旭，聽我說！」

放學後，新來到我座位旁。

「今天好像要開班級委員會……旭？」

「嗯……委員會？」

「妳沒事吧？臉色有點難看耶。」

新窺探我的臉色這麼說。

「沒事……只是在想事情，想得頭有點痛……」

我這麼說著時，新把手放在我額頭上。

「咦、啊、新？」

「不好了，妳在發燒！」

「發燒？」

摸了摸自己額頭，新露出嚴肅的表情。

「妳是不是在硬撐？開延長班會時就覺得妳怪怪的了……」

「啊……」

（害他……擔心了……）

「今天的班級委員會，我去參加就好，妳回家休息吧！可以吧？」

「會給你添麻——」

「沒關係啦。」

「可是……」

「剛開始的時候，我也給妳添了很多麻煩啊！偶爾依賴我一下沒關係。」

雖然我可能不太可靠就是了——這麼說著，新笑了起來。

「新……」

「總而言之！今天妳好好休息，委員會的事我明天再跟妳說好嗎？」

「嗯。」

「啊……不如……」

「嗯？」

新欲言又止，好像想說什麼。

「新？」

「那個……如果妳這麼擔心委員會的話——給我妳的電郵地址吧，開完委員會後，我傳訊息跟妳說！」

「欸？」

完全沒想到他會這麼說，我發出錯愕的聲音。

「啊、抱歉！如果妳不想也沒關係！我不該說這麼奇怪的話，抱歉！」

「啊、也對，我還不知道新的電郵地址。」

「欸？」

「欸？」

我和新一起發出滑稽的聲音……

「吼吼吼！我還以為要被妳討厭了，差點嚇死！」

說著，他在課桌旁蹲下。

「對、對不起啦！我忘了我們還沒交換電郵地址了……」

我也知道自己說了莫名其妙的話。不過，新大概以為是發燒的關係，反而一臉擔心地望著我。

「妳真的不要緊嗎？還是請老師送妳回家比較好？」

「沒、沒事的。抱歉讓你擔心了！對、對了，電郵地址是吧。」

我急忙拿出手機，新低聲說：

「手機吊飾……」

「啊……」

「妳掛上去了啊……謝、謝謝妳。」

「該道謝的人是我啊！我很高興喔，謝謝！」

急著掩飾害臊，我笑著朝新望去……看到同樣難為情的他。

回到家，一躺上床，超乎想像的倦怠感襲擊了我。接著——還來不及收到新傳來的訊息，我就這樣睡著了。

所以，那天晚上新沒有聯絡我的事，我直到隔天早上醒來，讀完日記之後才知道。

◆◆◆

4月17日

為了春天的教學旅遊，今天決定好分組和每一組的幹部了。
我這一組有旭、奏多、深雪和旭的朋友辻谷同學。
奏多一下就直接叫辻谷同學陽菜……那傢伙交朋友的技巧我真是學不來……
因為我和旭還要忙班級委員會的事，就把組長的任務交給奏多了。
那傢伙偶爾也該動一下！

……對了，旭把吊飾掛上手機了。
怎麼辦，超開心的。真的超級開心！
——我果然……或許真的喜歡旭……
我想，旭大概也不討厭我。
畢竟她都願意掛上手機吊飾了。
可是，我真的有資格喜歡她嗎……
今天也又發作倒下了，再次被送進醫院。

說好要傳訊息給她，因為人在醫院也沒辦法。
像我這樣的人，真的可以喜歡別人嗎？

就算喜歡上誰。
不久後，我就要死了。

睜開眼時，眼前是我現在的房間。
「糟糕……」
我發現自己忘了等新聯絡就睡著，難得他主動說要傳訊息給我……
（那可是新第一次傳訊息給我啊……）
當年第一次收到的電郵內容是什麼來著？一邊想著這些事，我一邊朝放在書桌上的日記本望去。
（對了！他會不會寫到關於電郵的事？）
睡著前看的日記雖然什麼也沒寫……說不定……這麼想著，我把日記打開。
——絲毫不知日記會有什麼改變。
「為什麼會這樣……」
我盯著睡前的日記沒有的那幾行字。

「放學時他看起來明明好好的……還說要傳訊息給我……」

不管重看幾次，我都無法把最後看到的新和日記內容連起來。

「為什麼……為什麼！」

到底為什麼會這樣。

不過，日記內容確實是新寫的。寫著改變前的過去不曾發生過的事。

（對了……陽菜的事也是……）

改變過去未必都是好事，那時不是已經知道了嗎？

但是……

（怎麼會……事情怎麼會變成這樣！）

新在日記裡，寫著自己被送回醫院的事。

（病倒了被送進醫院？什麼時候？我回家之後嗎？為什麼……為什麼……為什麼！）

腦中滿是疑問。可是，這些問題沒有人能回答我。

沒有任何人——

「我該如何是好……」

早知道會變成這樣，那時就算硬撐也該留在學校，不該把班級委員的工作都丟給新。

其實他身體也不舒服……卻因為擔心我，寧可犧牲自己的健康？

告訴我，為什麼……

腦袋一團混亂。

思緒錯綜複雜……

「……對了！」

我再次注視桌上的日記本。

「對了！我怎麼沒發現！」

新那一天的日記。

改變了的，是四月十七日的日記——

「既然能改變的話，只要再改變一次就好！」

抱緊新的日記本，我重新躺上床。

「新，等等我。」

為了再次回到那一天——我朝夢中的世界啟程。

◆◆◆

「嗯唔……」

回過神來，我張開眼睛。

「嗯，回來了。」

我低聲自言自語。

「啊……」

我輕輕驚呼了一聲，拿起枕邊的手機。

「新……新……」

重複昨天夢中的行動——一模一樣的行動。

明明是我自己，卻像在看發生在遠處的事一樣，有種不可思議的感覺。

——這種感覺在到學校後仍持續著。

和陽菜說話時，分組時，和新說話時……

為什麼會這樣呢，明明是我卻不像我。

（啊……）

終於，那一刻來臨。

「總而言之！今天妳好好休息，委員會的事我明天再跟妳說好嗎？」

（就是現在！現在我……）

「嗯。」

（不對！要說沒關係，要跟新說我也留下來！）

我這麼大喊，我卻自顧自地說下去。

（怎麼會這樣？為什麼？）

就像安排好似的，兩人的對話兀自進行。

彷彿早已決定這麼做似的。

——而我只能像做夢一般看著。

（做夢？）

對了，這種感覺和做夢很像。

不管自己想怎麼做，夢中的自己都無法決定夢境的情節走向。

（那麼，這是……）

和新道別後，夢中的我回到家。

明明想留在新身邊，我卻離開了他。

（新！）

無論怎麼吶喊也發不出聲音——沒有人發現我。

就這樣，夢中的我躺上床，一下就睡著了。

而我的意識再次——回到原本的世界。

◆◆◆

——震動聲。

「啊！」

手機的震動聲驚醒了我。

在「現在的我」的房間裡，距離我第二次躺下去睡覺，才過了幾十分鐘。

「為什麼……」

我從床上起來，打開日記本看，內容和剛才一樣，沒有改變。

日記裡的是一模一樣的文章。

「明明回到昨天了啊……」

眼淚掉在日記本上。

「昨天都能改變，為何今天不行……」

至今還沒發生過這種事。

不管回到過去幾次，夢中的我都是三年前的我。至少從來不曾像這次一樣，只能袖手旁觀夢境的發展。

「為什麼……為什麼……」

為什麼無法改變呢？到底是哪裡做錯了呢？

可是……不管我怎麼想也想不出答案。

「旭！妳還不快點起床，要遲到了喔！」

媽媽從一樓對我大喊。

看看時鐘，早就過了平常出門的時間。

「我今天不舒服，要請假！」

大聲回應後，假裝沒聽到媽媽嘮叨的聲音。現在可不是去上學的時候。

「再一次，再試一次……」

我再仔細地讀了一次四月十七日的日記，從頭到尾仔細閱讀……然後躺上床。

「這次一定……這次一定要順利……」

把日記本緊抱在懷中，我再次沉沉睡去。

「還是不行……」

數不清這是第幾次了。

我不斷嘗試——醒來就重讀一次日記，然後再次睡著。可是，每一次都只是重複觀看昨天夢中的情景而已。

「為何……」

跟昨天之前有什麼不一樣嗎？我還是一如往常地讀了新的日記再睡覺啊。

「再試一次……」

我再次打開日記。

「啊……」

因為翻了太多次，紙張摩擦得太滑了，沒翻到想翻的那一頁，而是不小心翻到了隔天的日記。

「四月……十八日。」

不能看。

因為我想回去的是四月十七日。

——儘管這麼想，眼睛還是忍不住跟著紙上的文字讀起來。

4月18日

中午過後，從醫院回到家。
上次因為檢查結果很好而吃驚的醫生，這次因為檢查結果太差而吃驚。
我的心臟為何這麼沒用啊。
今天旭好像把委員會的工作都做完，奏多他們也搞定小組的事了。
說不定大家根本不需要我。

結果也沒傳訊息給旭。
在這種狀態下，不知該傳什麼訊息給她才好。

我不知道自己的存在有什麼價值。

「新……」
一定擦掉重寫好幾次吧。這一頁留下許多鉛筆寫過再擦掉的黑色痕跡。
「新、新……」

字跡在滴下的眼淚中暈開。

我痛恨自己的無能為力。

「新……」

眼淚止不住。有什麼方法能止住流個不停的眼淚呢——我不知道。

……或許因為一直哭的關係，眼皮愈來愈沉重……感覺身體也愈來愈遲鈍……

◆◆◆

「嗯唔……」

不知何時睡著了，我揉著眼睛起身。

「一定是哭累睡著了吧……又不是小孩子。」

我自嘲地笑了出來，從床上站起來。

（從床上……？）

自己的行動讓我感到不太對勁。

——行動一切正常。

可是，好像有什麼奇怪的地方……是什麼呢……

「啊！」

我站起來穿上制服。

國中時代的制服。

「又……回來了？」

一說出這句話，我聽見我的聲音。這讓我明白……我正身為過去的我存在夢境中。

「太好了……太好了……」

情不自禁跳起來時，我手中的手機響了。

「嚇……嚇死我，原來是鬧鈴啊。」

急忙打開手機看螢幕，上面寫著「四月十八日」。

「是新日記的日期……」

（結果還是沒能回到四月十七日……）

不明白為什麼只有十七日回不去。雖然不明白，但至少——我又回到這個世界了，好開心。

一如往常到學校上課。午休鈴聲響起，上午的課都結束了。

（日記裡確實寫著中午過後他就回家了吧。）

一邊回想日記內容，我一邊拿出手機。

【我是旭。你還好嗎？】

想說的話很多，但也不好寫得太長……於是先寄出這麼短短一句。

——沒有收到回應。

（要是能像智慧型手機通訊軟體那樣看得到已讀未讀就好了……只能寄電子郵件真不方便。）

才剛這麼想，手機就震動了。

【給妳添麻煩了，抱歉。我沒事，真的很抱歉。】

【別道歉啊，我才該為昨天的事道歉。】

【為什麼旭要道歉，妳後來還好嗎？】

【託新的福，我已經恢復活力囉。不過，總覺得是我害新硬撐的……】

【沒這回事，我沒問題，別擔心我，學校還好嗎？】

【教學旅遊的事有跟小組成員討論了，班級委員會今天沒什麼事，所以暫且沒大問題喔。】

——互傳訊息很花時間，回過神來，我才發現午休快結束了。

「開始上課囉！」

田畑老師走進教室的同時，手機也震動了。

【看來我不在也不要緊，那我就放心了。】

「唔……」

我不是為了聽他說這種話才傳訊息的啊……我只是想讓他放心養病……

小心不讓正在黑板上寫什麼的老師發現，我繼續偷偷傳訊息。

【可是，新不在我很寂寞。】

——等了一會兒，新還是沒回覆。

我闔上手機，放回口袋。

下課後，依然沒收到新的回信。

放學回家，我一再打開手機檢查，按了好幾次查詢有無新信件的按鈕，螢幕上顯示的都是【沒有新信件】。

「新……」

我能改變什麼呢。回到過去到底有什麼意義？

這樣的疑惑掠過腦海。

「明天還能見到你嗎……」

盯著收不到回信的手機，我閉上眼睛。

◆◆◆

4月18日

中午過後，從醫院回到家。
上次因為檢查結果很好而吃驚的醫生，這次因為檢查結果太差而吃驚。
我的心臟為何這麼沒用啊。

不過，今天還是有一件好事。
旭傳訊息給我了。
好開心。非常非常開心。

她為我擔心。
還說我不在很寂寞。

我果然喜歡旭，最喜歡她了！
這樣的我真的可以喜歡別人嗎……
雖然喜歡，但也只能這樣。

要是明天能在學校見到旭就好了。

不知不覺已過正午，我躺在床上——不對，是趴在桌上，用日記本蓋著頭睡著了……到處都是乾掉的淚痕。

「啊……」

映入眼簾的是——稍微改變了內容的日記。

「太好了……」

我傳給他的訊息，似乎讓他明白自己是被需要的，太好了。

「自己的存在沒有價值什麼的……我不會再讓你說出那種話……」

緊擁日記本，我輕聲吐露他再也聽不到的話。

闔上日記，收回抽屜裡時，房裡的智慧型手機發出震動聲。

「唔……嚇我一跳。」

（對了，早上好像也有人聯絡過……）

這麼一想，我趕緊確認手機，上面顯示的來電者是深雪的名字。

「喂……」

『終於接電話了！』

像用了擴音器似的，電話那頭的深雪大喊。

「深、深雪？怎麼了——」

『我說妳啊，如果要請假，至少回個一、兩句訊息！不然人家會擔心啊！』

「抱、抱歉……那個——我睡著了。」

聽了我的話，大概是傻眼了吧，電話那頭傳來深雪重重嘆氣的聲音。

『好吧，畢竟是身體不舒服才請假的……我也覺得自己太操心了，可是——之前聽妳說了夢境的事，還是會怕發生什麼事嘛。』

「謝謝妳……」

『沒有啦……是我自己太雞婆，妳別介意。』

「深雪……」

『啊、老師來了，那就先這樣，我有傳訊息給妳，要記得看喔！』

說完，深雪不等我回應就掛掉電話了。

「害她擔心了……」

結束通話，螢幕上恢復待機畫面，我才發現收到好幾封訊息，幾乎都是深雪傳來的。

【妳今天請假？】

【喂——沒事吧？】

【關於日記本的事，我有話想跟妳說。】

【妳還記得奏多嗎？他國中時不是跟我們很好嗎？如果是他的話，關於新的日記或許知道些什

麼，我昨天試著聯絡他了。】

【他說他也有些想弄清楚的事，希望能找時間見面。】

【妳知道會是什麼事嗎？】

【旭？妳真的沒事嗎？】

【該不會昏倒了吧？】

【竹——中——旭——】

訊息停在這裡，然後就是剛才那通電話了。

「咦？」

讀完深雪和其他班上同學傳來的訊息後，畫面上顯示一封未讀。

——堂浦奏多　1封——

「這是……奏多？」

現在的我不記得有和奏多交換過聯絡方式……說不定是已改變的過去之中的我……

按下他的名字……出現在眼前的，是意想不到的內容。

【深雪聯絡了我——新的日記……該不會在妳手上吧？】

「為什麼……」

沒料到會看到這種內容，我無法克制內心的震撼。裝作若無其事的樣子回信：

【好久不見。我確實從新的媽媽手中拿到他的日記了。為什麼這麼問？】

過了一會兒，我看到傳出的訊息顯示已讀。接著……奏多回覆了。

【果然如此。我問妳，今天能不能找個地方碰面——關於新的日記本，我有話想跟妳說。】

「好久不見。」

放學後，我從家裡跑出來，來到附近的公園。

「啊……嗯，好久不見了呢。」

眼前的……不是夢中常見的奏多，三年前他還是國中生，現在已經成長了。

「話雖如此……新的葬禮上才見過吧。」

「啊，說的也是。對耶……抱歉，我那時完全沒注意身邊的事，連誰來過都不記得了。」

——光是想起那天，心就揪得好痛苦。

除了一直陪在我身旁的深雪和稍微講了幾句話的新的母親之外，其他人我都記不太清楚了。

「也難怪妳會那樣，那天我也沒心思想這麼多……」

「……」

「……」

沉默了一會兒，奏多先開口。

「聽我說……」

「咦？」

「我接下來要問的事可能有點奇怪……」

「嗯……」

奏多低聲吁了一口氣……然後直視我的眼睛。

接著──

「妳是竹中同學？還是……旭？」

「咦？」

一時之間，我聽不懂他的意思。

「什麼、意思……」

「欸，妳到底用新的日記本做了什麼？」

聽了奏多的話，我忍不住倒退幾步。他──

「你……知道什麼？」

「先回答我的問題。」

奏多步步逼近，抓住我的手臂。

「我問妳——妳到底……是誰？」

「唔……我是——」

「抱歉，我遲到了！你、你在做什麼啊奏多！」

「深雪。」

「深雪……」

打破劍拔弩張氣氛的……是深雪開朗的聲音。

「沒有……沒做什麼。」

奏多倏地放開手。

「那就好……」

「……」

「……」

「怎麼了？你們兩個——好像怪怪的？」

我們彼此不看對方，也不講話——看到這樣的我和奏多，深雪露出擔憂的表情。

「深雪，妳知道什麼？」

「咦？」

「妳知道現在發生了什麼事嗎？」

奏多這麼問。深雪一邊回答「我不懂你的意思」，一邊看了看我，又看了看奏多。

「如果我的記憶沒出錯，直到幾天前，我手機通訊錄裡還沒有『竹中旭』的名字，但是現在卻不知為何出現了。」

「……」

「還有陽菜，她忽然說了一些我們以前的回憶，但那些事都不在我記憶中。」

「不在記憶中的事？」

奏多的話使我忍不住驚呼。不在記憶中的事──換句話說，這表示……

「同時，我日記本中過去的日記內容也是……有不少地方改變了。」

「唔……」

「這是妳做的好事吧？」

奏多再次向我逼近。

我下意識地後退。

「妳用新的日記……改變了過去對吧？」

「你為什麼會知道……」

「果然沒錯……」

奏低聲嘟噥「雖然我希望不是這樣──」。

「你到底知道些什麼？」

「……」

「回答我！」

對於我的問題，奏多什麼都沒說。

他只看著我，用痛苦的聲音說：

「我不會口出惡言，只是……妳不要再改變過去了。」

「為什麼……」

「因為就算改變了——也什麼都不能改變。」

「那種事你怎麼知道！」

「我就是知道！」

奏多大聲怒吼。深雪驚訝地看著他。

抱歉……奏多低聲道歉，露出悲傷的表情。

「我就是知道……」

「這話怎麼說……」

「或許會出現小小的改變，可是……」

「可是？」

「即使如此，他還是會死。」

「唔……」

「這一點，不會改變，無法改變。這樣妳還想繼續改變過去嗎？」

「我……」

我說不出話。

即使如此，他還是會死。

這令人震撼的一句話，直刺入我的心臟。

「他不想讓妳看到自己痛苦掙扎的樣子，那時候才會選擇分開。」

「咦？」

「他不想讓自己喜歡的女生看著自己逐漸死去的樣子。」

「嗚……」

眼前的奏多肩膀顫抖著。

我……我……

「所以就這樣……」

「那我的心情呢？」

「妳說什麼？」

「我的心情又該如何是好。我也……我也不想讓喜歡的人獨自痛苦啊！要是早知道的話，我就會……我就會陪在他身邊！無論那有多麼痛苦！再怎麼痛苦我也要陪在他身邊！」

我如此大喊……看到深雪在哭——眼淚也從我眼中流下。

「我也是……我也是真心喜歡新啊！」

眼淚停不下來，不停不停地流。

「即使新不願看到妳做出這個選擇？」

「即使如此……」

「因為妳的這個選擇，妳將會看著新死去，這樣妳還是執意這麼做嗎？」

「……就算是這樣，我也、我也不希望和新的過去只剩下悲傷……」

「……」

「這三年來，我每天都想忘記與新共度的日子。可是，我忘不掉！每次想起來就好痛苦！好痛苦！可是，真正痛苦的，是與喜歡的人之間只剩下悲傷的回憶……」

明明是那麼重要的回憶，現在全部都變成了悲傷的記憶。

走過同一條路時，走進一起去過的店時，聽見兩人一起聽過的音樂時，我總是悲傷不已、痛苦不已……想把一切都忘記。

和新共度的日子明明是那麼重要，我卻想忘記。

「抱歉。」

「咦？」

奏多艱難地擠出聲音說：

「那時，他也是經歷一番痛苦才做出那個結論。我不認為他做錯了選擇。但是——也不能因為這樣，就說妳現在做錯了，因為妳也有妳的心情和想法……」

奏多直視著我。

「這條路走下去會很辛苦，即使如此，妳也願意嗎？」

「即使如此，我還是想陪在新的身邊。」

「那我知道了，抱歉說了那麼過分的話——旭。」

「不會，沒關係。謝謝你——奏多……」

我擦乾眼淚，眼前的奏多笑了，那是痛苦的笑容。

◇◇◇

旭和深雪離開後，奏多獨自站在公園裡。

「新……對不起，我無法阻止她。你應該早就知道會變成這樣了吧？明知會這樣——」

奏多抬頭仰望天空。

「爺爺，你為什麼要給我們那種日記本呢……」

看著天上的月亮，奏多如此低喃。沒有人能回答他的這個問題。

「答案只有你們兩個才知道了吧。」

想著先走一步的那兩個人，兩個都是對自己很重要的人……奏多背對月亮，開始走路回家。

月光溫柔地照在奏多身上。

◇◇◇

散。

「奏多是不是知道什麼……」

我坐在床上，把新的日記本放在腿上，獨自喃喃低語。

還有很多想問奏多的事。但是，發現我偷跑出家門的媽媽生氣地傳來訊息，我們只好當場解散。

「改天再說吧。」

我相信奏多的話。

「可是，無論知道什麼，我還是……」

打斷我自言自語的是手機的震動聲。

「唔！是奏多！」

聽見通訊軟體的震動聲，我朝手機投以一瞥。螢幕上顯示傳訊者是奏多。

【關於日記本

1. 可以在夢中看到日記本的內容。
2. 過去會因為夢中的行動而改變。
3. 改變過一次的過去無法再改變第二次。
4. 兩本日記本（我的和新的）的主人記憶不會改變。
5. 除了日記本主人，其他人腦中只會留下改變過的記憶。

6. 新的日記本可以改變過去，我的不行。
7. 就算把日記內容影印或重抄一次，只要日記本內容改變，副本也會跟著改變。
以上是我對日記本進行調查後發現的事。】

有我已經知道的，也有我不知道的事。

【謝謝你。關於4和5，為什麼我還是有記憶呢？】
【嗯……如果不要想得太複雜的話，大概是所有權轉移了吧？】
【所有權？】

——這是什麼意思？

【我猜新臨終前，大概要阿姨把日記本交給旭妳了吧。所以，所有權沒有轉移到阿姨手上，而是轉移到妳手上。】

「這樣啊，所以才會……」

新的媽媽曾說她讀了日記。可是，除此之外就沒說什麼了。不過，如果按照奏多說的日記本規則，新死後，新的媽媽一讀完日記，應該就會在夢中改變過去才對。

那麼一來——現在我就不可能在夢中見到新了。既然現在我還能反覆夢到過去，就證明奏多的「所有權轉移」說法沒錯。

【這樣說也對……還有，關於3……】

【旭，妳是不是曾在改變過去之後，重新讀了一次同一頁的日記？】

「唔……」

奏多這麼說，我做過什麼似乎都在他掌握之中，我不由得心跳加速。

【你的意思是？】

【我想妳應該會重讀日記確認過去是否改變，之後又想透過再讀一次同一天的日記來改變過去。但是，這時做的夢只像在看電影，眼前重複發生一樣的事。】

「啊……」

所以那時才會——

我想起那時在夢境中，無論怎麼抵抗也無法改變的事。

我想起那個夢，當時就像在看電影一樣，夢境裡的我無法說出我想說的話。

【夢到好的內容也就算了，可是……既然會想再讀一次，一定表示無法接受改變後的過去……結果就是非重新看一次痛苦的夢境內容不可，直到最後。】

【原來是這樣啊……】

【所以，旭。無論妳再怎麼想重新改變一次過去，也千萬不能再讀一次日記。】

我已經這麼做了。重讀日記之後，發現過去改變了。之後，為了重新改變一次過去，又再讀了一次日記……然後……

【旭？】

【妳沒事吧？】

因為我沒回應，奏多擔心得連續傳了兩次訊息來。

【啊、嗯，我沒事。】

【那就好……除了這些之外，妳還有其他發現嗎？】

「嗯……」

還有什麼呢？對了。

【連續讀好幾天日記的話，就會一口氣做那幾天的夢。】
【這樣啊……我們那時只有短短一星期，天數不多，所以我不知道這一點……】
【「我們那時候」是指什麼……發生過什麼事嗎？】

原本一來一往的通訊忽然中斷。
——隔了一段時間，奏多才傳來回應。

【……關於這個，見面時再說吧。】

奏多傳來「晚安」的貼圖，我也無法再繼續追問。
奏多到底知道什麼——懷著這樣的疑問，我今天也打開了新的日記本。

4月19日

下午終於能去學校了。
延長班會討論的是關於教學旅遊的事。
旭笑得很開心，我也好期待！

……不過，無論如何還是會不安。

我真的能參加教學旅遊嗎？

接下來我能參加的活動一定會愈來愈少。

所以拜託了。

至少讓我能夠參加教學旅遊吧。

——就算不多，我也想擁有和喜歡的女生之間的回憶。

「新……」

好難受。

好痛苦。

為什麼上天非讓新受這種苦不可呢？

為什麼……

「我無法為他做什麼嗎……」

輕聲低喃，我闔上日記本，關掉房間的電燈。

——就這樣，為了見他，我再次啟程前往夢中。

◆◆◆

睜開眼睛環顧四周……總覺得，我已經習慣在這邊的世界醒來了。

脫下睡衣，換上國中制服，我走出家門準備去上學。

到了教室，果然如同日記內容寫的，新不在教室裡。

「早安，陽菜……怎麼啦？」

朝座位走去時——看到陽菜抱頭苦惱的樣子。

「旭，我可能快不行了。」

「咦、欸？妳怎麼了？」

我情不自禁靠近一臉沉重的陽菜，陽菜抬起頭說：

「昨天我已經努力一天了……」

「嗯……」

「可是，只要跟奏多同學在一起，我就忍不住心跳加速，還不到教學旅遊，我的心臟就要撐不住啦！」

「……」

「妳說我該怎麼辦才好？真是的，為什麼我是副組長？可是可是，萬一深雪當上副組長，看到她在奏多身邊我一定會嫉妒死……」

我發現陽菜稱呼奏多和深雪的方式已經親暱多了，想必她已融入我們這個小組，那我也就安心了。

（雖然她現在可能管不了這麼多……）

看著陽菜臉色一下紅一下白，我不由得羨慕起她來。能這麼單純地喜歡一個人真好。

（我那時也是……）

我想起國中時代，和現在的陽菜一樣，我只是單純地喜歡新，新的一切都令我心跳加速。

（新……）

從逐漸受到新吸引，到他成為我最愛也最重要的人。

（新向我告白時，我高興得都哭出來了呢……）

那些曾經試圖遺忘，封印腦中的回憶不斷湧現。

（這次一定不要再成為悲傷的記憶……）

和新之間的回憶──我不想讓那些寶貴的回憶只剩下痛苦。為此，我要改變過去。

無論眼前等著我的將是多麼痛苦的現實。

──再過一會兒，新就要來了。

整個上午，我都在課堂上思考接下來自己該怎麼做。

（本來新應該再過一段時間才會向我告白。）

記得那是五月底，球類競技大賽那天的事。

好難為情，又好意外，心頭小鹿亂撞，差點哭出來……

因為我也喜歡他，所以非常高興。那天的事就像昨天才剛發生過似的，歷歷在目。

（可是，這樣是不行的……）

重複和過去一樣的事沒有意義，那樣無法改變什麼。

（那麼，我到底該怎麼做……）

該怎麼做才能縮短彼此的距離。該怎麼做才能加深我與新之間的關係。

我滿腦子都在想這些。

「早安！」

「唔？新？」

「嗯？」

——回過神時，新竟然站在我面前。

「咦？為、為什麼？咦？」

「旭，妳沒事吧……難道妳剛才睜著眼睛睡覺？」

我環顧四周。沒錯，第四堂課剛下課，同學們正在準備吃午餐。

「我可能……真的睡著了吧？」

「啊哈哈，什麼嘛。」

新笑著走向自己的座位。

「唷！新，你怎麼這麼晚才來！」

「睡過頭了啦。」

耳邊傳來班上男生笑鬧的聲音。

（睡過頭……其實應該是身體不舒服吧……）

當年我沒能察覺新的謊言，現在卻非常在意。

「嗳、嗳，旭。」

「嗯？」

正當我胡思亂想時，陽菜從背後叫我。

「剛才啊，新同學進教室時，先走到了旭身邊耶。」

「咦？」

「新同學的座位又不在這邊，我猜他該不會是……」

我回過頭，眼前是難掩興奮的陽菜。

「他該不會是喜歡旭吧？」

是啊，其實就是這樣……這種玩笑話我說不出口。

說不出口的我，只能露出困惑的微笑。

「有嗎？真的是這樣就好了……」

「一定是的啦！嗳，旭不去跟新同學告白嗎？」

「告白……咦、咦咦咦！」

我忍不住驚呼失聲，陽菜急忙掩住我的嘴巴。

「喂，旭，妳太大聲了啦！」

「抱歉……」

沒想到陽菜會說那種話，我情不自禁緊張起來。

我向他……告白……

「對方如果能向自己告白當然是最好囉，不過，只能等不是也很討厭嗎？既然都喜歡上了，不如把心情傳遞給對方吧！」

「陽菜……」

「話是這麼說……和旭不一樣，我這邊八字還沒半撇就是了。」

看陽菜說得這麼傷心，我卻不知道該對她說什麼才好。

就我所知，國中三年陽菜和奏多都沒有交往過……

咦？可是……那為何那時，奏多會提起陽菜……

「旭？」

「啊，抱歉。」

「算了，我的事就先不提了……妳如果不去告白，至少要跟他再熟一點吧？」

「我也是這麼想，可是——」

「可是？」

拗不過陽菜的逼問，我把剛才的煩惱告訴她。

「我不知道該怎麼做才能縮短彼此之間的距離……」

要是可以的話，我也想縮短和新之間的距離啊。

希望新能將當年無法對我說的話說出口，我想建立這樣的關係。

可是……該怎麼做才好，我不知道。

「嗯……旭啊，妳想跟新同學感情變得更好對吧？」

「嗯……」

「想改變跟喜歡的人之間的關係，自己也必須採取行動不是嗎？」

「……」

「光是等待，改變不了什麼。」

「謝謝妳，陽菜。」

看著微笑的陽菜，我心裡想。

（告白……由我主動……）

當時的我或許辦不到。

但是……

（只是重複相同的過去就沒意義了！沒意義……）

上完最後一堂課，放學時間到了。

大家都在收拾書包準備回家，我還在想今天跟陽菜說的話。

（至少，只要關係早點改變，一定會出現某種轉變……真的嗎？不管怎麼說，總比重複一樣的事情好……）

不管我怎麼思考也得不到答案。

因為……因為……

（對了……因為我不知道答案，根本不知道答案……）

這明明是理所當然的事，我竟然一直沒有發現。這裡確實是過去，但已經不是我經歷過的過去。因為我改變了過去，人與人的關係和心情也正在轉變。

（這裡雖然是過去，但也是現在……）

「旭？」

聽見叫我的聲音，抬起頭一看，站在眼前的是新。

「妳又睜著眼睛睡著囉？」

抬頭仰望笑著的新，心揪緊了起來。

「噯，要不要一起回家？」

新微笑點頭，我們一起離開了教室。

「然後啊——」

走出校舍，兩人並肩走向校門。

我偷偷望向身旁的人，新一直笑著說話。

我喜歡新笑起來時的側臉。

看得到虎牙，還留有幾分稚氣的笑容。我最喜歡了。

聲音有時候很高亢，有時又還滿低沉的，我喜歡新說話的聲音。

我喜歡……新。

「——喜歡。」

「咦？」

「啊！」

情不自禁說出口了。

「旭……剛才……」

我聽見新困惑的聲音。

……下定決心，我用力閉上眼睛。

接著——

「……我、我喜歡新……」

用只有新聽得到的聲音，表達了自己的心意。

新會為此感到開心嗎？

他會露出什麼樣的表情？

難為情？害羞？還是——

（咦？）

抬頭望向身旁的新……他的臉上卻是泫然欲泣的悲傷表情。

（新、新？）

「旭。」

不用聽也知道他要說什麼。

「抱歉。」

「新……」

「我、我對旭……沒有那個意思……如果讓妳誤會了什麼……很抱歉！」

說完，新就從我面前跑開了。

被丟下的我——只能愣愣地站在原地。

◆◆◆

——睜開眼，我在自己房間的床上。

「回來了……」

後來，我總算回到家……大概是哭累了——不知不覺中睡著。

撐起身體，眼眶裡的淚水滾下來。

「這樣啊……我……被新拒絕了……」

光是想起來就會熱淚盈眶，不管怎麼哭……眼淚都停不下來。

「為什麼？」

這樣的過去，是我所不知道的。

我做了什麼不該做的事嗎？

試圖改變過去是錯誤的決定嗎？

還是應該等新向我告白才對呢……

為什麼……為什麼……為什麼……

……不管怎麼想，都得不到答案。

（啊……）

指尖碰觸到某樣東西。

那是……新的日記本。

（……好可怕。）

現在的我，不敢再去看日記內容。

一想到要再看到新拒絕我一次——我就無論如何也不敢打開日記本。

——取而代之的是……

【我想繼續昨天的話題，什麼時候能見面？】

我傳了這樣的訊息出去。

接著，我勉強撐起沉重的腦袋和身體，為了度過日常生活——開始準備上學。

收到回覆，是我已經到學校，準備開始上課時的事。

【今天應該沒問題。】

今天……

接到奏多的聯絡後，我走向深雪的座位。

「噯、深雪。」

「嗯？」

「妳今天有空嗎？」

「啊，抱歉，今天有社團活動。」

「這樣啊……」

抬起頭看我的深雪似乎察覺什麼，露出擔心的眼神。

「——發生什麼事了嗎？」

「沒有，沒關係。抱歉喔。」

妳沒事吧？深雪又這麼問。我只能笑著說什麼都沒有啦，考慮到今天奏多可能跟我說的事，其實深雪不能去，我反而鬆了一口氣。

——要是得在深雪面前說出昨天的夢境，我一定會哭出來……

【放學後，在昨天的公園等你。】

我這樣回覆奏多後，就把手機收起來了。

「啊……」

「我在這裡。」

放學後，我一到公園不久就看到奏多了，他站在溜滑梯上面。

「你在那做什麼？」

「這裡是以前我和新很常來的地方。」

這座小公園離我們以前讀的國中很近。我讀的不是這個學區的小學，新和奏多他們小學的學生則經常聚集在這裡玩。

「覺得好懷念。」

說著，奏多從溜滑梯上滑下來，臉上的表情有點落寞。

「奏……」

「這給妳。」

「咦？」

奏多從書包裡拿出的是一本日記本。

「這是？」

「這是我的日記本，和旭手上的新的日記是一對。」

說著，奏多打開日記本。

「四月……八日？」

「沒錯，我和新從同一天開始寫日記，正確來說，是新說他要開始寫，我才跟著開始寫。」

「為什麼……」

「剛才不是說，我的日記本和新的日記本是一對嗎？」

「嗯。」

所謂的「一對」是什麼意思呢——從封面上看來，確實是同一個型號的日記本，可是……

「我的日記無法改變過去，不過，這裡面寫的是改變前的過去和改變後的過去。」

「……」

「這是為了不喪失改變前的記憶，以免記憶改變後當事人感到困擾。所以，這本日記的主人，腦中的記憶也不會被改寫，就跟新那本日記的主人一樣。」

「這麼說來……」

「對，換句話說，我腦中記得的過去——旭，和妳最初經歷的過去一模一樣。」

說著，奏多一邊苦笑，一邊隨手翻開日記。

「不過呢，沒事也不會特地回頭看過去的日記吧？所以很傷腦筋。上次久違地和大家見面了不是嗎？陽菜說起國中時的事，盡是些我一點印象也沒有的內容。」

「你和陽菜？」

「對啊……咦？妳應該知道我們在交往吧？」

我情不自禁搖頭，奏多顯得有些驚訝。

「這樣啊……嗯，這件事先不提。」

奏多繼續說。其實我很想知道更多關於他們兩人的事，可是現在——

「所以我心想該不會……讀了日記後就知道了，一定是有人使用了新的日記，像當年的我們一樣。」

——最後那句話太小聲，我沒聽清楚。

「奏多？」

「沒事。對了，妳今天聯絡我，是為了這件事吧？」

奏多翻開日記本。

4月19日

新好像拒絕了旭。

我不是不懂他的心情……但這傢伙真是笨蛋。

既然難過到哭著打電話給我，又何必拒絕人家呢。

真是……大笨蛋。

「我的記憶中沒有這樣的過去，不過，這確實很像那傢伙會做的事。」

「……」

「噯、旭，妳無論如何都想改變過去嗎？」

「咦？」

奏多盯著腳下，我看不到他臉上的表情。

「上次也說過吧。即使等著妳的只有痛苦，還是要改變過去——我可以相信妳這句話嗎？」

「奏多？」

「想拜託妳一件事。」

雙手握緊拳頭，奏多抬起頭。

奏多——看起來像快哭了……

「請妳不要放棄新。請妳讓那傢伙覺得他是幸福的。他臨走之前，開心地對我說起的，都是國三那年的事，和旭交往的每一天。」

「新……」

「不只一年，我希望讓他獲得更多幸福的回憶，旭，這件事只有妳做得到……」

說完，奏多對我低下頭。

滴滴答答落下的淚水，在地上染出好幾片黑色的水漬。

不知道時間過了多久。

沉默的奏多抬起頭看我。

「其實，我原本是反對改變過去的。」

「咦？」

「因為這樣而改變的未必都是好事，關於這一點，旭妳自己應該也已經明白了吧？」

奏多的話讓我想起陽菜。因為我改變了過去，害她內心受了傷。

「……」

「最重要的是，只要繼續這樣改變過去，妳自己一定會受傷。」

「怎麼可能有那種事！」

「妳敢保證一定不會嗎？真的？不會像我們那時那樣……」

「你們那時……」

我這麼一說，奏多便露出驚慌的表情。我這才想起，奏多上次也曾說過，「我們那時」——

「噯、奏多，你們兩人該不會也用過這日記本吧？像我現在這樣——」

「……」

「奏多？」

「那是很久以前的事了。新的爺爺過世時，我們和現在的旭一樣，看了爺爺的日記。」

「看了日記……」

「我們發現只要看了日記，就能在夢中重返過去，然後——」

說到這裡，奏多很痛苦似地閉上嘴。

不過，不用繼續說我也明白。他們兩人一定也試圖改變過去……但是失敗了。

夢中，爺爺再度離世——

「抱歉。」

「別這麼說……」

「……」

不知該說什麼才好，我沉默下來。奏多露出悲傷的微笑說：

「繼續這樣改變過去，妳一定會受傷。我很清楚這一點。」

「可是……」雖然痛苦，奏多還是努力繼續說：

「即使如此，我還是無法忘記，和旭分開後新難受的樣子……還有直到最後仍不斷呼喚妳名字的聲音。」

「奏多……」

「所以如果，接下來旭因為改變的過去而受傷，請妳來找我幫忙。能幫的忙我都會盡量幫，所以……所以……」

「沒問題的——」

我對一臉痛苦的奏多微笑，腦海中浮現新的臉。

笑起來的臉、生氣的臉、害羞的臉、哭泣的臉……新所有的面貌我都不想失去。

「我不會放棄新的。就算新放棄他自己，我也絕對不會放棄，所以……」

「旭……」

奏多喊著我的名字，總覺得透過他的眼睛，好像看到過去的新。

和奏多道別，我回到家中。

為了讀新的日記本。

其實我真的很害怕……雖然害怕，但是——

我想起用那雙認真的眼神看我的奏多。

和奏多約定好了，我……一定不會放棄新！

拿著日記本的手更加用力。

然後，我打開昨天那個夢的日期。

4月19日

下午終於能去學校了。

可是，早知道就不去。

我傷害了旭。

我喜歡的女生說她喜歡我，而我卻……

我為什麼說不出自己也喜歡她呢。

要是這個心臟能爭氣點……

我能在這種心情下參加明天的教學旅遊嗎？

抱歉啊，旭……

「新……」

想到新因為我的告白反而陷入痛苦，我就一陣心痛。

但是……

「即使如此，我還是喜歡你……新。」

糾纏不清真是抱歉。

無法放棄真是抱歉。

不過，我相信這個選擇沒有錯，我們總有一天能再笑著說話。

「四月……二十日。」

我為了再度回到過去，打開新的一頁。

4月20日～22日

可惡！為什麼！

……還以為會跟旭變得尷尬，不過事情並不像我想的那麼糟。

我知道奏多暗中緩和了氣氛。

真是謝謝他了。

第一天沒什麼事，還以為這樣下去就沒問題了。

沒想到，第二天上午登山時，帶來的藥不小心掉了……

其實也不一定會發作，說不定就這樣繼續過下去也行。

可是……內心深處還是產生了「果然如此」的想法。

我果然沒資格參加露營……

跟老師講了之後，請爸媽來接我回家。

本來今天應該要跟大家一起回去露營的……

給老師、奏多……和旭添麻煩了。

都是我不好……抱歉。

大家、對不起……

對不起、旭……

「這件事我記得。當時他說身體不舒服要先走，原來不是那樣啊……」

我還記得教學旅遊第二天，老師說新身體不舒服要先回家的事。

當時我也沒想太多，只覺得難得的露營不能參加太可憐了，真討厭當時的我自己。

「雖然不知道我能做什麼，但是……」

闔上日記，我朝床舖走去。

一如往常地，閉上眼睛。

這就像是一個回到新身邊的儀式——

◆◆◆

拉上書包拉鍊，我看了手機的時間一眼，喘口氣。

「呼，人只要想做就沒有做不到的事嘛。」

拚了命完成露營的準備，我穿著運動服走出家門。

今天起，要舉行三天兩夜的教學旅遊。

「總之，做我能做的事。」

這麼輕聲自言自語，我穿過校門，看到新走在前方不遠處。

「新……」

「旭？」

我低喃的聲音明明很輕，新卻朝我轉頭。

「……」

「早安！」

「咦？」

「早安！」

「早。」

看我這麼開朗地打招呼，新回應的語氣有點困惑。

我當然看得出他不知所措。不過，看到新臉上表情不斷轉變，忽然覺得有點好笑。

「呵呵……」

「欸？」

「沒事，沒事啦！好期待露營喔！」

「嗯、嗯！」

新一副「搞不懂妳」的表情走在我身邊。

抱歉啊，新，我知道這麼做會讓你感到困惑。

明知如此……

我還是不想放棄，所以……

「一起享受吧！三天的教學旅遊！答應我！」

「嗯，謝謝。」

我也不希望新放棄。

請不要放棄我們的未來。

我希望，你能笑著迎向未來。

「對了！新！」

「咦？」

注視著走在身邊的新，我微微一笑。

「我啊，不會放棄喜歡新喔！」

「欸？」

「——我要讓新也說出喜歡我！」

丟下睜大眼睛的新，我跑向校舍。

「等等，旭！」

雖然聽到新在身後叫我的聲音，但不想讓他看到我通紅的臉，我裝作沒聽見的樣子，逕自走進校舍。

「唷，真大膽。」

「奏、奏多！」

在鞋櫃旁遇到的是笑得賊賊的奏多。

「旭果然很喜歡新。」

「對啊！」

「是喔……」

我的回應，讓奏露出意外的表情。

不過，現在的我已經沒心情在意那些調侃的話了。

因為——

「我喜歡新，最喜歡、最喜歡了……所以其他的事怎樣都無所謂，為了新我才會在這裡。」

我的選擇或許會在某日令誰悲傷或痛苦，改變過去，就代表一定也會有這種事發生。

即使如此我……我還是——

「今後我還是想在新身邊……」

奏多像是沒聽到我的最後一句話，他說「好羨慕妳喔」。

「能為了誰拚了命地努力，真了不起。」

「奏多？」

「沒事沒事，總之，妳加油吧！」

揮揮手，奏多丟下我走向教室。

「奏——」

「旭？」

「唔……」

聽到有人喊我名字，回頭一看……臉還有點紅的新一臉疑惑地站在那裡。

我明明跑得那麼快還是被他追上了。難為情之餘，我什麼都說不出口，新竟然輕聲笑了。

「新？」

「沒什麼啦，沒事。」

新慌忙換穿室內鞋，丟下我走向教室。

「等一下啊！」

「……」

我急著追上去，終於追上走得比平常慢的他。

（……他是故意等我的嗎？）

走到教室的這段路，我們沒有說話。

但是——我並不討厭這樣的沉默。

「好，準備出發囉！」

「是！」

在田畑老師一聲號令下，所有人齊聲回應。

我們搭的遊覽車發動，三天兩夜的教學旅遊就此展開。

（應該沒問題吧。）

（啊……）

偷偷朝隔著走道坐在旁邊的新投以一瞥，他一臉若無其事的樣子望著窗外。

「……」

（被發現了。）

我一直盯著他看，看得出新的臉漸漸紅起來。

但他卻又什麼都不說，這讓我覺得有點好笑，決定繼續這樣盯著他看。

「……」

「……」

新堅持不開口，我就堅持繼續看。

「……」

「……」

持續凝視——

「吼唷！怎樣啦，妳到底在幹嘛！」

「啊哈哈，看你什麼時候發現啊。」

「不，妳明明知道我早就發現了還一直看！」

「才沒有呢。」

慌了手腳的新很可愛，我忍不住笑起來。

「真是的……一點都不體諒別人的心情。」

「你說什麼？」

「沒——什——麼——！」

新轉過頭，瞬間變得很難跟他搭話。

大概察覺我的視線了吧——新瞄了我一眼，指了指手邊的袋子。

「妳要吃零食嗎？」

「要！」

「喜歡什麼自己拿。」

朝他遞過來的袋子探頭望去，姿勢一改變——新的臉比想像中靠得更近。

「唔！」

「抱、抱歉！」

我倆不約而同轉過頭，奏多笑嘻嘻地從後面的座位探出頭來。

「老師！鈴木同學和竹中同學在卿卿我我！」

「我們才沒有卿卿我我！」

新對跑來戲弄我們的奏多大吼，整輛遊覽車上都是笑聲。

（太好了，好像很開心。）

很開心、很開心……繼續這樣開心下去吧，讓新開心到就算發生什麼意外也不會放在心上。

如果能開心得不願放棄就好了。

「啊——話說回來，我也想坐最前排的位子——」

從新後面探出身子的奏多這麼說。

為了怕有什麼需要，身為班長和副班長的我們隔著走道坐在遊覽車上第一排的位子，兩人身邊的位子都是空的。

「在有人身體不舒服之前，我不能先坐那邊嗎？」

「不行！老師不是說過了嗎？」

「小氣！」

奏多發出嘟噥的聲音，坐在新前方單人座位的田畑老師轉過頭：

「你這麼想坐前面，不然來坐老師腿上吧？」

「這我拒絕！」

「啊哈哈哈哈！」

奏多的大嗓門再次引起遊覽車內同學們的笑聲。

「噯、旭。」

「嗯？」

坐在我後面的陽菜從椅背中間的縫隙對我說：

「總覺得奏多同學今天情緒特別激昂呢。」

「這麼說來好像是耶，平常的他比較穩重。」

「是不是？總覺得……」

（咦？她喜歡的是成熟穩重的奏多嗎？該不會幻滅了吧？）

「躁動的他也好可愛喔！」

「喔，是喔。」

「咦？陽菜，妳該不會對奏多……」

「啊！」

坐在陽菜隔壁的深雪好像聽見了，用驚訝的聲音這麼問。

「那、那個……要幫我保密喔。」

「真的是這樣啊！我一定會保密的！咦、啊！那我坐這裡會不會擋到妳？要不要換位子？」

「沒關係沒關係……不過，回程時如果能讓我坐那裡就太開心了。」

陽菜羞赧地說，深雪微微一笑。

「沒問題。不過話說回來，陽菜竟然喜歡奏多……」

「深、深雪，妳太大聲了！」

深雪難以置信地看了看陽菜又看了看奏多，陽菜急得趕緊摀住她的嘴巴。

（後面這兩位小姐好像也很開心，太好了。）

我呵呵一笑，轉身面向前方——感覺到一股視線。

「怎麼了？」

「啊……沒、那個……」

「嗯？」

「沒什麼啦……」

新為了掩飾，伸手到包包裡撈東西。這時，我看到有什麼掉在通道上。

「這個，掉了喔。」

「啊！」

我撿起來給他的，是用橡皮筋綑起來的一疊藥錠。

「抱歉……謝謝。」

「那是藥？」

「這是……」

新顯得很緊張……我想起他日記的內容。

（對了！一定是這個，明天新會……）

新看著手裡的藥，又看了看我……嘴巴閉得緊緊的。

看到新不知所措的樣子，我故意說了另外一種藥名。

「是暈車藥嗎？」

「欸？」

一時之間沒聽懂我說什麼，新頭上浮現問號。

不過，他立刻明白了我的意思，急忙肯定我說的錯誤答案。

「啊、嗯，對對對，是暈車藥……」

「我就知道！我也很容易暈車！」

「嗯，就是這樣。謝謝妳幫我撿起來。」

說完，新朝窗外看去，不再說話。

接著，直到遊覽車抵達目的地，新都沒有再轉頭看我一眼。

「到了！」

「坐好久喔……」

「真的，沒想到這麼遠。」

三年前去的時候，我沉浸在和朋友聊天的樂趣中，總覺得一轉眼就到了……今天坐在一直悶不吭聲的新身邊，才會覺得時間過得好慢。

「竹中！」

「是？」

聽見田畑老師叫我的聲音。

「妳和鈴木兩個負責點名，要大家按照分組排好隊。」

「好的。」

（新呢？啊，在那裡。）

他站在離大家有點距離的地方凝望遠山。

「新。」

「唔！嚇了我一跳……怎麼了？」

「老師叫我們點名。」

「知道了。」

說完，他自顧自地往前走。

（嗯……怎麼辦才好呢。）

我想再加把勁。

可是，萬一像剛才那樣被拒於千里之外……

（不行，不是已經決定要加油了嗎？）

就差一步了，我卻遲遲踏不出去。

「旭！」

「咦？」

原本走在前面的新，忽然回到我身旁。

「剛才很抱歉！那個……我只是有點睏。」

我一睏就會心情不好——我知道這麼說的新是在說謊。

明知如此……

「真拿你沒辦法！等一下請我吃零食就原諒你好了！」

我笑著假裝沒發現新的謊言。

看到身邊的我笑了，新也放心地露出微笑。

但是，我發現了。

微笑著的新，手緊緊握拳，用力得指甲都嵌進皮膚裡了……

（新……）

好想握住那隻手。

那隻手放開拳頭時，手心一定都發紅了。好想溫柔包覆這隻手。

可是，現在的我不能這麼做。

我們只是普通朋友……

「新！」

「欸？」

「這個，給你！」

我從口袋裡拿出一顆糖果，遞給新。

看到糖果包裝時，新瞬間皺起眉頭，戰戰兢兢地念出包裝上的口味。

「超甜泡芙口味……卡士達增量？」

「很好吃喔。」

「欸欸……」

半信半疑地把糖果放入口中後——新摀住嘴巴大喊：

「甜死了！這什麼東西！太恐怖了吧！」

「會嗎？我覺得很好吃啊。」

「不不不！竟然說這種東西好吃，旭妳的味覺有什麼問題？」

新拚命想讓嘴裡的糖果快點融化，卻每舔一次都甜得說不出話。

看著這樣的他，我忍不住笑出來——新也看著我笑了。

新的手，也不再像剛才那樣緊握。

（太好了。）

新紅著眼眶，好不容易把嘴裡的糖果咬碎吞下，從包包裡拿出茶來喝了一口……這才像撿回一條命似地吁了口氣。

「好久沒吃過這麼恐怖的東西了！」

「要再來一顆嗎？」

「絕對不要！」

新笑著說。

一如往常的笑容。

察覺我的視線，新咳了幾下。

接著——

「走吧。」

「嗯。」

說著，新走到我身邊，我們一起朝大家走去。

啪啪啪——老師拍手的聲音使我回神。

「那麼，明天還有登山活動，請大家各自注意安全！」

我們與各組組長及老師開的檢討會結束後，其他人都回去了，只剩下班長和副班長留下來確認明天登山的事項。

「旭……妳剛才是不是睡著了？」

「有點……」

新擔心地望向正在整裡東西的我。

「明天還要登山，妳也別太勉強了。」

「謝謝你為我擔心。」

「我、我才沒有擔心……」

啊，又來了。

以為已經恢復為平常的新了，一靠近他，他又拉開距離。

不過，他一定不是討厭我……

我別開視線，再次向新微笑道謝，走向自己的帳篷。

——轉過身的我，當然不知道新欲言又止地望著我的背影。

躺在帳篷裡的睡袋中，我輕聲嘆氣。

「到底是怎樣……」

「妳說什麼？」

「啊、抱歉，沒什麼事啦。」

聽到我情不自禁脫口而出的話，睡在一旁的陽菜轉向我。

剛才每個帳篷裡還傳出大家熱鬧的說話聲，現在已經完全安靜下來了。

「噯、旭，露營好有趣喔！真希望大家能一直在一起！」

「陽菜能和奏多一起過夜當然開心囉！」

「深雪！妳真是的！」

深雪在一旁笑嘻嘻地這麼一說，陽菜就羞紅了臉，噘起嘴巴。

「啊哈哈，不過確實啦，如果能像這樣一直在一起就好了。」

「旭和新同學也是喔！」

「咦？啊？旭果然喜歡新嗎？」

不知陽菜是以為深雪也知道，還是不小心說溜了嘴，總之她應該沒有惡意……只是不管怎麼說，這樣就變成只有深雪不知情了。

「不、嗯……對啦。抱歉啊，我不是故意隱瞞的……」

「咦？為什麼要道歉。這樣啊！妳喜歡新啊？比起陽菜喜歡的奏多，喜歡新的妳算是比較有品味喔！」

「這是什麼意思？」

看到深雪好像不介意，我這才放下一顆心。

（要是她們兩人立場對調的話，我就有得解釋了……）

光想像就不由得苦笑，罪魁禍首的陽菜卻露出疑惑的表情看著我。

「嗯唔……」

醒來時，一時之間不知身在何處……

（啊、對了，我們正在露營……）

包裹在睡袋裡的身體很難行動，左右兩邊的深雪和陽菜似乎都還在睡。為了不吵醒兩人，我小心翼翼地起身，靠著從帳篷縫隙照進來的月光走出帳篷——

「哇啊……」

眼前是滿天燦爛的星光。

「好美……第一次看到這樣的……」

這裡幾乎沒有人工光線。

比至今看過的所有星空還要美麗。

「旭？」

正當我一邊仰望天空一邊走動時，不知道誰忽然喊了我的名字。

——其實不是「不知道誰」，我當然知道是誰。

那個最喜歡的聲音，喊了我的名字。

「新……」

視野前方，新露出為難的笑容。

「你在做什麼？」

「我才想問妳呢。」

「我只是……醒來了。」

頭髮不知道有沒有亂翹——我急忙伸手抓順頭髮，不知為何，新一直凝視這樣的我。

「我也差不多。」

「是喔……」

「嗯。」

——對話繼續不下去，沉默籠罩我們。

瞬間，天空閃過一道光芒。

「流星！你看！又出現了！」

「真的耶！好漂亮！」

星星與星星之間，流星接二連三劃過。

「好漂亮！好漂亮！」

「哇啊……好漂亮……我第一次看到……」

「我也是……」

彷彿只有這裡屬於不同世界，我們兩人持續望著眼前神祕的景象。

（多希望時間就此暫停。）

明知這是不可能的事。

明知如此……還是忍不住這麼祈願。

「啊，對了！」

「欸？」

「要向流星許願！」

「喔……」

我還以為自己想到了好主意，新卻不怎麼帶勁。

「不好嗎？」

「不是啦，嗯……好、好吧，試著許願看看？」

「嗯！」

說著，我們兩人仰望天空，等待流星再度劃過。

可是，剛才明明出現那麼多次，一旦開始等待，流星就不出現了。

「嗯，沒有了耶……」

「放棄吧。」

「啊！新！你看那邊！」

瞬間，天上劃過今晚最明亮的一道流星。

「快點！新也來許願！」

「啊、嗯……」

（希望新能笑口常開，過著健康快樂的幸福日子！）

注視著流星，我許下這樣的心願。

偷看身邊的他，新正閉上眼睛許願。

「許好了嗎？」

「嗯，旭呢？」

「我也好了！」

「這樣啊……」

許了什麼願？這個問題我說不出口——除了「希望病能痊癒」之外，還會有什麼心願呢……

我們兩人都沉默下來，只聽見吹過身旁的風聲。

就這樣，我們繼續凝望星光閃爍的夜空。

不知道抬頭看了星空多久。

正想說「差不多該回去了」，剎那間，我的視野一陣劇烈晃動。

「唔！」

「啊！」

可能因為一直仰頭的關係，我一個踉蹌，差點摔倒。新伸手扶住我。

「抱、抱歉！」

「沒事吧？」

「好危險，差點跌倒！」

「妳在搞什麼啊……」

看新一副傻眼的樣子笑了，我也嘿嘿笑著回應。

「差不多該回去了吧？」

「是喔……」

「新？」

我不解地問，新又露出為難的表情。

不對，與其說為難，不如說是——

「要不要再看一下？」

「咦？」

「不行……是嗎？」

新漲紅了臉這麼說。

「啊……」

「如果妳不想的話……」

「要、要看！我要看！」

我忍不住一直點頭，新放心地微笑了。

「還有……」

說著，新牽起我的手。

「咦？」

「要是妳再摔倒，我也很麻煩。」

被緊緊握住的手心傳來新的溫度。

距離近得肩膀幾乎要靠在一起。

在這樣的距離下心跳加速，我們繼續仰望星空。

月光溫柔灑落在我倆身上。

「哈啾！」

「噗嗤……」

我打的噴嚏破壞了牽手看星星的氣氛。

「對、對不起！」

「不會啦。啊哈哈，差不多該回去了吧？看妳好像著涼了……再說，老師也該來巡邏了，要是被看到班長副班長兩個人在這裡……」

「大概會被罵死。」

「肯定會。」

再次相視而笑，我們放開牽在一起的手。

「那麼，明天見。」

「嗯……旭！」

新叫住揮著手準備離開的我。

「怎麼了？」

「晚安！」

「唔……晚安！」

明明只是個寒暄。

只不過是「晚安」兩個字，為什麼心會跳得這麼快……

（晚安，新……無論現在或以前，我都一直喜歡你，最喜歡你。）

心中低喃著他聽不到的話，我再次朝自己的帳篷走去。

隔天，我在鼻塞和背脊發涼的惡寒中醒來。

（我這笨蛋……）

吸著鼻子，在帳篷裡換好衣服，裝作若無其事的模樣走出帳篷。

「嗯！天氣真好！」

雖然臉上感受到的是冰涼的空氣，但今天是個令人心曠神怡的大晴天。

「陽菜早安！」

「早安！我吵醒妳了嗎？」

「沒有，沒關係。」

站在我身旁伸懶腰，陽菜笑了。

「旭，妳好像老奶奶。」

「沒禮貌！大概是因為睡在不習慣的地方吧？我腰痠背痛……」

「咦？妳真的是老奶奶喔？」

「才不是咧！」

我們閒聊時，深雪帶著一臉睏意也起來了。

「早，妳們兩個起得真早……」

「早安，深雪昨天明明是第一個睡的。」

我笑著調侃一邊打哈欠一邊說話的深雪，她卻盯著我這麼說：

「昨天某人跑出去時我就醒來了，過了好久才再睡著。」

「咦……抱、抱歉！」

「擔心萬一老師來巡邏時還不回來怎麼辦，都快急死了。」

「對不起啦……」

深雪故意又打了一次哈欠，陽菜不解地看著我們。

「妳們在說什麼啊？」

「沒什麼。對了，今天上午不是要登山嗎？幸好是晴天呢。」

深雪轉移話題，環顧四周。

「幾乎每一組都開始有人起來了，早餐時間也到了，差不多該移動了吧？」

「真是的，最晚起來的深雪竟然說這種話？」

「陽、陽菜！別說了！還是快點行動吧！早餐不知道吃什麼喔？」

「旭？妳怎麼了？」

「真不知道她怎麼了呢。」

在兩人說出更不妙的話之前，我趕緊牽起陽菜和深雪的手往前走。

看到我這樣，深雪只低聲嘀咕「真拿妳沒辦法」，也不再多說什麼了。

「好！現在開始登山！」

「欸？這是什麼？」

「哪是登山啊？」

「不就是爬座小山而已嗎？」

看到眼前的景象，同學們發出疑惑的聲音。

（是啊……三年前我也是這麼想的。）

說的好聽是登山——其實就是爬座小山。

從頭到尾都有路可走，只要不偏離路徑就不難抵達山頂……體力足夠的話。

「安靜。抵達山頂的人找老師報告，吃完午餐就可以下山，知道了嗎？」

「……」

「……」

「沒回答的人是打算不吃午餐直接下山的意思嗎？」

「知道了！」

聽到老師強人所難的建議，大家急忙回應。老師這才露出滿意的表情。

「鈴木。」

「是。」

我們前一組的同學出發後，田畑老師走到新身邊。

「不要太勉強喔，有沒有帶手機？要是有什麼事……」

「我沒問題的！」

他們說的雖然很小聲，但一旁的我全都聽見了。

察覺這點，新急忙打斷老師的話。

「所有人會一起抵達山頂！所以要等我們喔！」

「好吧，說的也是……你們幾個也要注意安全喔。」

「是……」

奏多懶洋洋地回應，大家一陣嘻笑後，也輪到我們小組出發了。

「我們出發囉——」

就這樣，我們開始登山。

「嗯……休息一下！」

不知道第幾次要求休息，深雪一屁股坐在路旁。

「現在大概到哪裡了？」

「差不多一半吧……」

「才一半？」

聽到我和新的對話，深雪發出悲痛的叫聲。

「再加把勁！一起加油吧？」

「對對對，都已經到這裡了，就差一點啦。」

「是啊……」

我伸出手拉起深雪……突然視野一陣晃動。

「唔……」

「旭？」

「沒、沒事！」

急忙起身，深雪一臉擔心地望著我。

「是不是太累了？」

「可能是深雪太重了……」

「沒禮貌！」

聽著他們兩人鬥嘴，我也笑了出來。即使如此，因爬山而開始流汗的身體——忽然又是一陣惡寒襲來。

（該不會真的感冒了……）

一旦有了自覺，身體就愈來愈不舒服。

還差一點就要抵達山頂時，我已經因為發燒而完全頭昏腦脹。

彷彿聽見心臟撲通撲通的聲音。

（這下真的連路都走不穩了……）

怎麼辦？心裡這麼想，但也只能繼續往前走。

再說……難得大家玩得這麼開心，不能因為我把氣氛搞砸。

（一路走到這裡，連新都沒有問題了，就這樣繼續吧……）

這麼想著，用力抬起腿，卻始終無法順利前進。

「旭……」

「呀！」

新正想說什麼時，前方傳來陽菜的尖叫，打斷了他。

「咦？沒事吧？陽菜？」

「跌、跌倒了……」

「陽菜！沒事吧？」

腳下打滑的陽菜跌了一大跤，用手按住腳踝。

我急忙跑過去，看到她的腳踝已經紅腫。

「哎呀……新！你的背包裡有急救包吧？裡面有沒有貼布？」

「等一下。」

新卸下自己的背包，從裡面的急救包裡拿出貼布交給奏多。

「沒有夠大的尺寸……這能用嗎？」

「應該夠，陽菜手腳很細。」

「沒、沒有啦……」

陽菜想遮掩捲起褲腳外露的腳踝，卻痛得皺起眉頭。

「我看看……等一下喔，現在就幫妳貼。」

深雪從奏多手中搶過貼布。看著他們，我不禁微微一笑，在新的背包旁坐下來。

（休息一下應該會比較好。）

正當我這麼想。

世界天旋地轉。

「唔！」

倉促之間伸出的手，勾到一旁新的背包……就這樣連人帶包滾下斜坡。

——原本應該是這樣的。

「哇啊……危險！」

「新？」

「妳在做什麼啊！」

正當我差點滾下斜坡時，新抓住了我的手臂。

「身體不舒服就要說啊！妳看看！要是剛才就那樣滑下去的話怎麼辦！」

新怒氣沖沖地說。我轉頭往身後一看，新的背包勾住斜坡上的樹枝，掛在那裡。要是掉下去的是我……光想就可怕。

「妳果然發燒了，是因為昨天……所以感冒了吧？抱歉……」

「不…我才得道歉……」

新擔心地看著我，好像還往我後面瞥了一眼。

「陽菜應該可以自己走了，總之我們先繼續往上吧。旭呢？走得動嗎？要是沒辦法的話，就叫老師來……」

「我沒事、我沒事，可是……」

因為發燒的緣故，總覺得我好像忘了什麼重要的事。

某件絕對不能忘記的事。

可是，頭昏腦脹的我沒辦法好好思考。

想不起來，到底忘了什麼。

（冷靜，冷靜啊！要不然又會像剛才那樣，我又會像新的背包那樣……背包？新的背包！）

「怎、怎麼辦？得下去拿新的背包才行！」

「妳、妳在說什麼啊？」

「因、因為背包……都是我害的……那裡面有藥！」

「欸……沒、沒關係啦。只是暈車藥而已，其他人應該也有帶吧……」

新故意別開視線，我死命抓住他的手臂。

（抱歉，新……）

現在——現在不能再讓你含混帶過了！

「不行！不行啦，新！」

「什麼……」

「不能放棄！」

「旭？」

看到新痛苦的表情，我決定豁出去了。

「我去拿！」

（因為我的關係，害新必須放棄……絕對不能做出這個選擇！）

「旭？」

放下自己身上的東西，我望向掛在樹枝上的新的背包。

（嗯，只是在那裡的話，應該沒問題！）

「等等……旭？妳要做什麼？」

看到我試著準備爬下斜坡，深雪驚嚇地奔過來。

「新！發生什麼事了？嗳、新？」

「那個……」

「那是我弄掉的……所以……」

我一邊說明事情經過，一邊把腳踩向斜坡，深雪抓住我的手臂。

「這怎麼行！要是妳去拿背包，自己卻掉下去了，那還有什麼意義！好好道歉就好，新也不會為這種事生氣啊！裡面的東西，老師那裡一定都有備份……」

「不行的！」

甩開拚命想勸阻我的深雪——深雪露出驚訝的表情。

「絕對不行！」

「旭……」

聽到我幾乎快哭出來的聲音，深雪不安地看著我。

站在離我們較遠處的奏多，一邊窺視新的表情一邊開口：

「我說……新啊。」

「什麼？」

「背包裡的……該不會是藥吧？」

「……」

新別過頭，奏多露出無可奈何的表情，搖了搖頭。

「真是的。好了，旭也快回來吧。」

「可是……」

硬是抓住我的手一拉，奏多把我的手交給新。

「旭待在這邊好嗎？」

「為什麼？我……」

「沒關係，我會去拿。」

說完，奏多卸下自己的背包交給新。

「那我自己……」

「笨蛋！你自己下去拿的話，旭一定會因為責任感也跟下去！所以，你給我站在這裡抓好旭。懂了嗎？」

「奏多……」

咧嘴一笑，奏多走下斜坡。

——後面的事我記不太清楚了。

雖然還記得奏多平安拿回背包……接著我好像就昏倒了。

回過神時……我躺在救護站裡。

（嗯唔……）

好像聽到誰在說話的聲音。

「你說旭發現了？為什麼……」

「要是她真的以為裡面只是普通暈車藥，怎麼可能堅持下去拿……」

「說的也是……既然如此，乾脆對她坦白吧。如果這樣她還願意喜歡你……」
「不要！」
新的聲音──聽起來……好痛苦……
「新……」
「誰都可以，我就是不想讓旭知道。我至少可以……在喜歡的女生面前逞強吧？」
「你的心情我明白，可是……」
「再說，就算她能夠接受，等我死了以後，被留下的她不是會更傷心嗎？」
「新……」
這是……在做夢嗎？
──或許是夢。
（就算是夢也好，就算會傷心，我也想待在新的身邊，要是他能明白就好了……）
「新？」
「總覺得……剛才旭好像醒來了。」
「她睡得很熟啦。」
「這樣啊……旭，謝謝妳要我別放棄。我真的很高興……可是……一切都是因為我太軟弱了，抱歉……」
睡夢中，我的確聽到新這麼低喃的聲音。

——醒來時，夕陽染紅了房間。

「妳醒了？」

「這裡是？」

正想撐起身體時，有人對我說話。

「妳昏倒了喔，跟妳同一組的男生們送妳過來的，記得跟他們道謝。」

「是新和奏多……」

站在床旁邊的人——留守救護站的老師摸了摸我的額頭，微笑著說：

「好像退燒了。怎麼樣？要請爸媽來接妳嗎？還是……」

「沒事！我已經好了！所以——」

面對擔憂的老師，我拚命表達不想回家的意願——於是，老師露出有點懷念的表情微笑著說：

「呵呵，也是啦。國中最後一年的活動，妳一定很想繼續參加吧。」

「是！」

「但是，不可以勉強自己喔。只要有一點不舒服就過來報到，知道嗎？」

「謝謝老師！」

向老師道謝後，我奔出救護站所在的建築。

（新……新不知道怎麼樣了，那時奏多確實有將新的背包……）

我東張西望找尋新的身影，這時，有人喊了我的名字。

「旭！」

「深雪？」

「妳沒事了嗎？那之後可不得了了呢——旭？」

深雪擔心地抓著我的手，我忍不住用力抓回去。

「我沒事！謝謝妳為我擔心，謝謝。可是……比起這個，新呢？」

「什麼叫『比起這個』啊……呼，新在那邊啦。」

朝深雪手指的方向望去，看到神情和深雪一樣擔憂的新。

「新！我……抱歉！對不起！」

「旭……」

「都是我害的……」

「妳在說什麼啊？旭沒摔下去真的太好了啊。而且背包也拿回來了，沒什麼事啦。」

所以妳別道歉了——新這麼說。奏多從他背後探出頭來。

「對啊對啊，真要說的話，都是這傢伙把背包放在那裡的錯，旭妳就別介意了。」

看到他們兩人對我笑……歉意和欣慰使我忍不住流了幾滴眼淚。

「真的很謝謝你們。」

說完，我也露出微笑。看到這樣的我，他們兩人才安心地笑起來。

大家圍成一個圈坐下，正中央燃燒著熊熊的火堆。

坐在火堆另一端的新在笑。

「太好了……」

「妳說什麼？」

「沒啦，沒什麼……」

改變了過去，使我鬆了一口氣。

這次應該稍微往好的方向改變了吧。

「是嗎？話說回來，別再做那些讓人擔心的事了喔。」

「對嘛！妳知道我們有多擔心嗎！」

「也對妳們很抱歉……」

「別說這個了啦。」

這麼說著，深雪再次望向火堆。

我和陽菜也跟著朝火堆望去。

「好美喔。」

「對啊……」

「——旭。」

「咦……？」

總覺得好像聽見誰在叫我。

「聽錯了嗎？」

「旭。」

「新……」

這次聽得很清楚了。我轉過頭——站在我身後的，是神情嚴肅的新。

「妳現在有空嗎？」

「嗯。」

向深雪及陽菜道歉後，我悄悄鑽出隊伍，跟在新後面。

「……」

「……」

他要去哪裡啊。

遠離火堆後，剛才的熱鬧喧囂彷彿不存在了一般——除了我們的腳步聲之外，完全聽不到其他聲音。

走到小河旁的長椅邊，新停下來。

「這個……」

「咦？」

「妳要是再著涼就不好了，這個給妳用。」

說著，新脫下身上的連帽外套，披在我肩上。

「這樣新你自己會著涼的！」

「沒事，我下面還有穿另外一件。」

「可是！」

抓住還想反駁的我的手，新小聲說：

「偶爾也讓我耍帥一下嘛。」

「新……」

「再說，不會花很久時間的。」

確實如新所說，即使我們偷跑出來，營火晚會還在繼續，得在老師發現前回去才行。

「所以，我就長話短說了……白天真的很謝謝妳。」

「欸……」

「那個……那個背包裡有很重要的……東西。如果沒有那東西，我就傷腦筋了。」

儘管沒有說得很清楚，新的一字一句都不是謊言。

「動不動就放棄是我的壞習慣，我總是很容易心想『唉，也沒辦法，只好算了』。那時也一樣。」

「嗯……」

「所以，當旭叫我不要放棄時，我真的嚇了一跳，妳怎麼會知道我想放棄呢？」

凝視努力表達的新，卻不明白他想表達什麼。

「……」

「新？」

「吼唷，真是的！果然還是不行！」

他突然這麼大喊，一副豁出去的樣子看著我。

「其實我有非放棄不可的事，因為我拿那件事一點辦法也沒有。可是，不管怎麼想，我都無法放棄；原本以為自己已經放棄了，卻又做出完全相反的舉動，無法原諒這樣的自己……」

「新……」

無法放棄比乾脆放棄更痛苦──新一定明白。不只是新，對我來說，那也會是多麼痛苦……多麼痛苦的事啊。

既然如此，他是不是又要放棄了呢？

放棄接下來的未來──連我們本該一起度過的過去都放棄……

我不願意──

「可是！」

正當我想大聲說「我不願意」時，新打斷了我──和剛才一樣握住我的手。

「可是旭對我說不要放棄，所以……所以我想請妳……再等我一段時間。」

「咦？」

「等我好好面對自己，弄清楚自己真正想怎麼做，等我下定決心──我想再這樣和旭單獨談談。」

緊握的手用力著，新比剛才靠得更近，注視我的雙眼。

「很抱歉我這麼不乾脆，可是……我就是無法放棄旭！」

「新……」

過去新曾這麼直視過我嗎？

和三年前不一樣了。

我們開始建立與當時不同的關係。

我們——一定能建立起嶄新的關係。

「沒關係喔。」

「旭……」

「我會耐心等的，所以……」

「謝謝妳。」

說著，新抓著我的手，把我拉過去。

「唔……」

失去平衡的我，就這樣倒在新的懷抱中。

新輕輕抱住我的身體——

一時之間，我還以為是錯覺。

可是，就在這一瞬間，我的身體確實感受到新的溫度。

「我們回去吧。」

放開我之後，新害羞地這麼說。

「嗯……」

我輕輕點頭——我們有默契地牽起彼此的手，一起走向來時路。

夜空滿布無數燦爛星星。

那從過去到現在不曾改變的光芒，溫柔地照耀我們。

第三章

「好，那就在這裡解散！」

老師的聲音使我回神。

老師冗長——不，是值得感謝的訓話似乎終於結束，班上同學也準備原地解散。

我站起身來拍掉沙子……和站在附近的新四目相接。

「……」

新難為情地別開臉，一旁的奏多不知對他說了什麼，新臉都紅了。

「新！」

聽到我的聲音，新好像嚇了一跳……又像放棄掙扎似的，再度轉過頭來。

（嗯——果然還是一樣啊。）

那之後，我們悄悄回到營火晚會場，但是……不管是走回去的路上，還是回到營地後，或是回程的遊覽車上，新都沒有說話。

每次四目相接，他就會把頭轉開。

好像想說什麼，但最後又放棄了。

但我知道……新以為我沒發現，其實我知道他偷偷看了我好幾次。

也許是因為這樣吧，雖然和去程的遊覽車時一樣沉默，但氣氛已經不再那麼沉重。這次飄散在我們之間的，是一種彷彿搔不到癢處，溫柔又羞赧的沉默。

話雖如此，我也不想在這種狀態下說再見。

「……什麼事？」

先是露出不知所措的猶豫表情，之後像是下定決心似的，新朝我走來。我用開朗的聲音對他說：

「露營很好玩呢！」

「嗯、是啊。」

新的語氣雖冷淡，但他連耳朵都羞紅了，這副模樣真是惹人憐愛。

好喜歡，不過……

「嗳、新。」

「嗯？」

「如果你要繼續這種態度的話，我可能無法等太久喔。」

「欸？」

「騙你的啦。」

新驚呼失聲，我促狹地笑了。看到這樣的我，他才放心地吁了口氣。

驚慌失措之後，又恢復一如往常的新了。

「那就後天學校見囉！」

「嗯……學校見！」

這麼說完，我們笑著對彼此揮手。

◆◆◆

「嗯唔……天亮了。」

從夢中醒來，我再度從過去回到現在。

——每次醒來，都會因為新已經不在世上的事落淚。

可是今天……

（新積極向前了……）

雖然只是一點一滴，但過去確實開始改變，我為此感到安心。

原本把放棄自己視為理所當然的新，也選擇走上不放棄的路。

（太好了……新的心裡多出了不放棄的選項，真是太好了。）

「對了！」

日記本裡令人悲傷的內容一定消失了吧。

我一邊回憶那三天的事，一邊打開日記本。

4月20日～22日

老實說，我不知道該寫什麼才好。
自己做的事……太難為情了，無法化為文字。
回程的遊覽車上，因為太害羞，跟旭一句話也沒有說……
即使是這麼沒用的我，唯有一點可以肯定……

我喜歡旭。
喜歡旭的心情，絕對不想放棄。

老實說……和旭一起看到背包掉下去時，我心裡想的是「果然如此」。
果然我沒有資格參加露營……
正想跟老師說明狀況，請爸媽來接我回家時，旭……她竟然說要去拿回背包。
明明不可能知道我放棄自己的事，旭卻要我別放棄。
代替旭去幫我拿回背包的奏多，在回程的遊覽車裡告訴我，說他很高興我能從頭到尾參加完活動。
我曾經以為只要放棄就好，但或許不是這麼一回事。
是旭讓我察覺這點……我想和她共度更多時光。

明天利用補假去一趟醫院吧。

我想問醫生，接下來我會怎麼樣。

然後，我……

「新……」

新的文字透露出他的心境。

我不知不覺淚流滿面。

「奇怪……怎麼會……哭了呢……」

即使如此，他還是會死。

「他都已經這麼努力，不願意放棄了……」

為了抹去奏多那句話，我擦乾眼淚，再次翻開日記。

「反正今天放假，繼續看……」

——手機震動聲——

聽見手機傳來收到訊息的聲音，我停下正要翻頁的手。

「會是誰呢？」

螢幕上出現的是個懷念的名字。

——辻谷陽菜　未讀1——

「陽、菜……？」

和現在的陽菜最後一次見面是在新的葬禮，只見了短短一面。

「怎麼了嗎？」

打開通訊軟體，隨著可愛貼圖跳出來的，是一行【好久不見，最近能碰面嗎？】的訊息。

「好久沒這樣約出來碰面了呢。」

「嗯，對啊。」

我們約在車站前一間有點吵雜的咖啡店，姑且先進去點了東西。

好一陣子沒和陽菜聊天了，比起國中時，她顯得成熟不少。

「上次睽違許久見到旭，總覺得好懷念。」

所以才聯絡了妳。陽菜笑著說。

「妳在忙嗎？不好意思啊這麼臨時。」

「不會，沒問題的。我也很想跟陽菜見面。」

在過去的世界裡已經見了好多次面，和現在的陽菜倒真是好久不見。

我們互相報告近況，天南地北地閒聊。

學校的事，陽菜的社團生活，奏多的事……

每件事都聊得好開心，時間一轉眼就過了——

「已經是這時間啦！」

望向手錶，陽菜慌張地說。

「今天謝謝妳喔，還有抱歉呢，把妳留到這麼晚。」

「不會不會，別介意。能和好久不見的陽菜聊天，我也很開心。」

我笑著這麼說，陽菜也笑了。

約好下次再出來玩，和陽菜道別後，才發現天已經快黑了。

「嗯嗯……好像好久沒跟誰說這麼多話了。」

當然並不是都沒有跟人說話，我平常也有一起閒聊的朋友。

在學校也會和深雪說些傻話，兩個人笑成一團。

可是——自從收到那本日記本，和現在的深雪說話時，總是會以日記本的內容為中心，聊的都是過去的事……

所以，已經很久沒花這麼長時間聊和日記無關的事了。

「陽菜現在好像過得不錯呢——」

與陽菜的對話和新無關，以現在發生的事為中心，這讓我感覺輕鬆。
但也有點寂寞。
因為這是個理所當然不會提到新的世界……
「我回來了——」
回到家後，我跟在客廳的家人打聲招呼，就走向自己房間。
「不吃晚餐嗎？」
「吃過了。」
「真是的！不回來吃要早點說啊！」
樓下傳來媽媽生氣的聲音。
但是，我只想趕快回到過去。
回到有新的世界——

4月23日

來醫院了。
醫生說我的身體漸漸有好一點。
還叫我加油。

可是……醫生跟媽媽說的不是這樣。
醫生是這麼跟媽媽說的。

「就是一年。到時候一定得做出決定。」

他這麼說。

因為護理師叫我，後面他們還說了什麼，我就沒聽到了。
說不定，一年後我得對旭說出殘忍的話。
即使如此仍希望她待在我身邊，這樣的我太自私了嗎？
或者，希望這一刻也能和旭在一起的我太自私？
旭會原諒我嗎？

「一年……」
一年後會發生什麼，我很清楚。
將近一年後，國三那年的三月——新甩了我。
「過去的新也是在知情的狀況下和我交往的嗎……」
雖然不願意這麼想，但那些和新共度的日子，背後竟然有這樣的決心嗎？

「要是能早點知道，我就會更珍惜和新在一起的時光嗎……」

不管怎麼想，已逝的過去無法改變。

既然如此……

「只要在改變後的過去中珍惜他就好。」

這麼喃喃低語的我，今天也啟程前往過去，新在那裡等著我。

◆◆◆

在過去的世界醒來，一看手機的時間，就快中午了。

「因為放假的關係，睡過頭了……」

我打了個哈欠，拿著手機下床。

「新今天應該在醫院吧。補假也不用去學校，做什麼好呢……」

正當我這麼想時，手機發出震動。

——電子郵件：堂浦奏多　1封——

「奏多？」

發生什麼事了嗎？我不安地打開信箱。

【今天有空嗎？不會耽擱太久。】

「今天嗎……」

不論過去或現在，奏多總是突然聯絡我。

【早，今天沒問題喔。要去哪？】

總之先換衣服吧。這麼一想，把手機放在桌上時又震動了。

寄出信件後，我闔上手機。

【兩點在學校附近公園碰面如何？】

我回信告訴奏多沒問題，放下手機開始準備。

「抱歉，久等了！」

「沒關係，我也剛到。」

說著，奏多從溜滑梯上滑下來。

「呵呵呵……」

「怎麼了？」

「奏多你真的很喜歡這個溜滑梯耶。」

「……」

聽了我的話，奏多皺起眉頭。

「你怎麼了？」

「等一下如果妳覺得我講了奇怪的話，笑笑當沒這回事就好。因為有件事我無論如何都想問。」

「咦？」

奏的表情很嚴肅，我心跳加速。

這個表情，我不陌生。

沒記錯的話，最近才剛看過。

那是……

「……妳不是現在這個時代的妳——對吧？」

「奏、多……？」

「旭，妳——新的日記本是不是在妳手上？」

我不知道該如何回答奏多……怎麼說才是正確答案？

該含混帶過，還是該坦承真相……

我不斷思考，就是得不出答案。

「……」

「如果是的話，一切就都說得通了。像是新背包的事，為什麼妳會那麼拚命想拿回背包。還有，開學時明明你們才剛認識，為什麼妳就會拿講義去新家給他。還有……為什麼妳會知道我喜歡這個溜滑梯。」

「……」

「什麼都不說嗎？」

奏多瞇起眼睛朝身後的溜滑梯投以一瞥，然後再次望向我。

「那我換個方式問好了——既然現在的妳手上有新的日記，是否表示，在妳那邊的時代，新已經死了？」

「唔……」

「看來我說對了……」

我瞬間的動搖，奏多沒有看漏。

釐清了一切的奏多搖搖頭。

「果然是這樣……所以，妳是為了改變過去才來到這裡的，對嗎？」

——瞞不了他。

我這麼想著，輕輕點頭。

「……」

不知道該說什麼才好，我依然沉默。

奏多無言凝視著我。

「……」

打破沉默的，是奏多的輕聲嘆息。

「唉，我並不打算責怪妳。」

「咦？」

「畢竟我們……也沒有立場說別人什麼。」

奏多的語氣聽來苦澀。

「什麼意思？」

「不過，我並不贊成這麼做。旭，不管妳想做什麼，我都不會插手。只是……」

「只是什麼？」

奏多朝我踏出一步，這麼說：

「只希望妳不要讓新發現。」

「咦？」

「我們已經知道死亡是無法改變的……要是新發現未來的旭來到這裡，他——」

「奏多？」

「沒事……可以答應我嗎？絕對不要讓新知道……」

奏多露出嚴肅的表情。

「我知道了，絕對不會讓他發現。」

「約好了喔。」

「嗯，約好了。」

「……我相信妳。」

聽了我的話，奏多才不再板著一張臉。

「不過，剛才我也說過，旭試圖改變過去時，我不會插手。無論是好是壞。」

「嗯。」

「所以……」

我一臉緊張，奏多對我溫柔微笑：

「維持原樣就好。」

「奏多……」

「反正多個人幫我看著新，以免他太勉強自己，對我來說也是好事。」

「你對新真好。」

「誰教我們從小一起長大。」

說著，奏多輕聲笑了。

接著，他又認真地看著我說：

「旭，妳也是喔。」

「咦？」

「我也不希望妳受傷。對我而言，旭也是重要的朋友啊，所以……妳也別太勉強自己。」

「嗯……謝謝你。」

我深刻感受到奏多的體貼，內心一陣難受。

「好累……」

和奏多道別後，一回到家，我立刻倒在床上。

「是不是應該否認才對啊……」

回想和奏多的對話，我喃喃自語。

「可是，我無法看著那麼認真的人說謊……」

更何況那是奏多。

他知道日記本的存在，也知道能靠日記本回到過去。

「呼，不過，既然答應了奏多，就一定要隱瞞新到底。」

按照奏多的說法，新應該也知道日記本的祕密。

「咦？那為什麼……」

為什麼新會在這本日記本裡寫下日記呢？

為什麼要把日記本交給我呢？

——不管我怎麼想，都想不出答案。

◆◆◆

4月23日

來醫院了。

醫生說我的身體漸漸有好一點。

還叫我加油。

可是……醫生跟媽媽說的不是這樣。

醫生是這麼跟媽媽說的。

「就是一年。到時候一定得做出決定。」

他這麼說。

因為護理師叫我，後面他們還說了什麼，我就沒聽到了。

說不定，一年後我得對旭說出殘忍的話。

即使如此仍希望她待在我身邊，這樣的我太自私了嗎？

或者，希望這一刻也能和旭在一起的我太自私？

旭會原諒我嗎？

噯，旭。

會不會有那麼一天，
妳看到這本日記，
知道我是這麼喜歡妳。

如果發生和那時一樣的事……
當妳得知這本日記本的祕密時——事實或許會讓妳感到痛苦。
面對無法改變的過去，妳可能會很難受。

可是，我希望能讓妳知道。
我是多麼地幸福，
又是多麼喜歡妳。

明天，

我要把這份心意告訴旭。

醒來時讀了日記，比上次增加了一段內容。

彷彿透過這段內容回答我的疑問似的。

——能造成這種改變的，就我所知只有一個人。

（明明說他不插手的……）

奏多……一定去對新說了什麼吧。

「謝謝你……」

我對好友過去的體貼喃喃道謝，儘管他聽不到。

「那麼……」

我繼續往下翻開日記。

「我們即將就此開始。」

再接著做夢吧。

為了去見你。

已經只能在夢中相見的你——心愛的你。

4月24日

我向旭告白了。

有生以來第一次的告白。
雖然已經知道旭的心意，還是很緊張。
一想到當時……旭也懷抱著這份心意對我告白，就對她很過意不去。

即使說不出不會再傷害她第二次的話……
在那天來臨前，我會好好珍惜旭。
請妳一直在我身旁。

◆◆◆

醒來時，我再度回到過去的世界。
一如往常的，朝手機望去。

——4月24日 星期三——

「得快點去學校。」

我準備一下就出門了。

比平常到校的時間早一點。

但不知為何，總覺得新會在。

「早安。」

「早安。」

一進教室，新果然在那裡。

「你今天好早。」

我走向新，盡量用和平常一樣的聲音打招呼。

「嗯……旭平常都這時間到？」

「今天比平常早一點。」

「是喔……」

和平常不太一樣的氣氛，讓我們無法順利對話。

我看得出眼前的新很緊張。

「……」

「……」

無言中，教室的門被打開了。

「早啊，你們兩個都好早到。」

「啊、嗯……」

「早……」

跟走進教室的同學打招呼後，剛才的氣氛已被破壞。

——無可奈何，我轉身背對新，打算回自己座位。

「唔！」

下一瞬間，新抓住我的手。

「新？」

「……我們走！」

說完，新牽著我的手奔出教室。

衝出教室的我們往上跑，打開通往樓頂的門。

「啊哈哈哈哈！」

「新？」

「真不可思議！只要和旭在一起，感覺好像沒有做不到的事！」

上氣不接下氣的新笑著這麼說。

跑這麼快身體不要緊嗎——以我的立場無法這麼問，內心坐立難安。

取而代之的，我為氣喘吁吁的新輕輕拍背。

「抱歉、我沒事。」

新用力伸展背脊，躲開我的手，朝我望過來。

「旭。」

「……是。」

「上次害妳哭了，很抱歉。」

「不會……」

和剛才的笑容不同，現在的新表情緊張，一個深呼吸後……握緊我的手。

「上次沒能說的話，現在我想跟妳說……我喜歡旭——看到旭的笑容，我就覺得能克服一切困難。和旭在一起，世界就閃閃發光。」

「新……」

「今後或許還會害妳哭泣，可能會傷妳的心或跟妳吵架。即使如此……現在、至今和未來……旭都是我最喜歡的人。」

「唔……」

我說不出話。

眼淚奪眶而出，開口想說什麼，卻變成嗚咽。

「……又弄哭妳了。」

「嗚嗚……嗚嗚……」

「我會好好珍惜妳，旭……妳願意做我女朋友嗎？」

「嗚嗚……新……」

我泣不成聲地看著新的臉。看到我哭花了臉，新輕聲笑了。

「……回答我啊。」

「我也……我也最喜歡新了！」

這麼一說，新便緊緊擁抱我。

接著，在我耳邊低聲說：

「我會珍惜妳的。」

第二次接受新的告白。

這是非常溫柔——

非常溫暖的告白。

我的心像揪在一起，好難受，好悲傷。

高興得哭出來。

「嗚嗚……嗚嗚……」

「旭……差不多該擦乾眼淚了……」

「嗯、嗯……」

哭濕了新的襯衫胸口後，新從口袋裡拿出皺巴巴的手帕遞給我。

「給妳用——這是洗乾淨的喔……」

「謝謝……」

我接過手帕，聞到懷念的淡淡香氣。

「啊……」

「欸？」

（是新的味道——）

那時的記憶，唐突而鮮明地浮現。

新擁抱我時、兩個人並肩坐在一起時，還有——和新接吻時……

每一個當下，這味道都包圍著我們。

「嗚嗚……新……」

「啊、旭？妳沒事吧？」

原本已快停下的眼淚，再次溢出眼眶。

（啊、對了……）

過去的回憶和經歷著第二次相同過去的現在——聯繫起來了。

「我沒事……」

「真的嗎？」

「嗯——因為我、我最喜歡你了。」

「旭？」

我這句話讓新瞬間露出不知所措的表情。不過很快地，他也點著頭說：「我也是。」

我們從樓頂回到教室……不知為何，同學們都知道我和新的事了。

「怎麼？咦……欸？」

「因為你們兩個手牽手跑出教室啊。回來時又一副氣氛很好的樣子，看就知道了啦。」

「恭喜妳，旭！太好了呢！」

「謝謝妳，陽菜。」

我朝新的方向看過去，他也和我一樣，被奏多和其他同學包圍。

（啊……）

四目相接。

……跟奏多。

「（太、好、了、呢）。」

奏多沒有說話，但是臉上寫著這四個字。

「（謝、謝、你）。」

我也一樣不出聲地回應。不知是否察覺了我的回應，奏多咧嘴一笑，再次轉向新。

放學後，正當我懷著忐忑不安的心情，新一臉害羞的樣子走到我座位旁。

「旭……那個……」

「什、什麼事？」

「要不要……一起回去？」

「嗯。」

總覺得，教室裡的大家都在笑著看我們。

誰都沒有說什麼，只是從教室裡的氣氛……隱約有這種感覺。

「真是看不下去了！」

「好好喔！放學後的約會！我也好想……」

「妳也去約約看啊？」

「我沒辦法！」

尤其是這兩位小姐……

「嗳、妳們兩個在看好戲吧？」

「旭怎麼這麼說呢？真沒禮貌，妳說是不是？深雪。」

「對啊，也不想想我們多替妳擔心……」

「沒想到旭這麼過分……」

「欸？啊……抱、抱歉啦。」

我情不自禁這麼說，她們對我露出悲哀的表情。

（說的也是，她們一定很擔心我……）

「沒關係啦！」

「反正很好玩。」

「可惡！」

我對故意一搭一唱的深雪和陽菜做出生氣的表情，兩人又笑了起來。

「好了好了，別生氣了。」

「對啊，妳看，新一臉寂寞地在等妳喔。」

「啊、新！抱歉！」

急忙回過頭，看到新不知所措地站在那裡。

「不、沒關係……不過妳們兩個，別再開旭玩笑了。」

「好啦。」

「好啦。」

「那我們走吧。」

說著，新牽起我的手，我們走出教室。

「新……？」

「……」

「鈴木新……？」

「吼吼吼！緊張死了啦！」

「咦？」

出了校門，走了一段路後，新忽然放開我的手蹲下去。

「怎麼了？」

「我是不是表現得很奇怪？從早上開始，整個人就輕飄飄的，心跳得好快，搞不清楚什麼是什麼了……剛才看到旭好像很困擾，心想我得說點什麼才行。可是仔細想想，那只是朋友在跟妳鬧著玩的吧？我會不會說了不該說的話？」

「噗！」

「欸？」

「啊哈哈哈哈哈哈。」

看到新著急的樣子，我忍不住失笑。

「為、為什麼要笑啊？」

「因、因為新太可愛了……」

看我笑得停不下來，新一臉不服氣。

「什麼可愛啊！我可是很認真的！」

「別擔心。」

「咦？」

「我最喜歡新的這種地方了。」

「什……」

聽到我突如其來的告白，新面紅耳赤。

（再說……）

「要是她們兩個覺得你很奇怪，奏多應該也會幫你解釋啦。」

「……會嗎？」

「嗯！因為奏多對新很好啊。」

聽我這麼一說，新故意露出嫌棄的表情笑了。

「那我們走吧？」

新又說了一次一樣的話。

「去哪裡？」

「去哪裡……」

我忍不住反問。

「故意的嗎？」

新先是這麼低聲嘟噥，接著再次握住我的手。

「第一次的約會！」

「唔……嗯！」

我們相視而笑，手牽著手往前走。

屬於我倆的故事就此開始。

雖說是第一次的約會，放學後能去的地方也很有限。

「真的這裡就可以了嗎？」
「嗯，可麗餅很好吃啊。」
來到以前一起來過的可麗餅店，我們買了可麗餅，坐在長椅上吃。
「至少去看個電影……來這種地方也太……」
「嗯……可是穿著制服去電影院，馬上就會被通知學校了吧？又沒時間先回家換衣服。」
「說的也是，真抱歉！」
新抱頭苦惱，我忍不住噗嗤一笑。
「笑什麼？」
「新好可愛。」
「唔……」
抬起頭，面紅耳赤的新望向我。接著——
「可愛的是旭吧！」
捏了捏我的鼻頭，新難為情地這麼說。

「差不多該回家了……」
「是啊。」
手上的可麗餅早就吃完，天色也愈來愈暗。
「我不想回去！」

情不自禁這麼脫口而出——我趕緊摀住嘴巴，身旁的新臉又紅了。

「不、不是的啦，我不是那個意思……那個……」

「嗯，我知道……」

「咦？」

在夕陽餘暉下，新的表情顯得說不出地寂寞。

「在一起的時間太幸福……我也不想回去。」

彼此都知道沒有別的地方可去。可是——我們也知道這樣的時光無法持續太久。

正因如此，才難以放開緊握的手。

「可是，不回去不行了……」

「嗯……」

再次緊緊握住對方的手，我們同時站起來，踏上回家的路。

◆◆◆

醒來之後，我讀了新的日記——闔起日記本。

「終於走到這一步了。」

過去的我們，終於對彼此坦承感情。

「——重要的是接下來。」

如果重複一樣的事，過去就無法重來。

所以，我一定要進入新的內心世界才行。

「一定會有機會的。」

他應該都有去醫院報到，只是我不知道而已。

藥一定也有好好地吃。

學校也是……

「這麼說來……和我交往後，新好像只請過一次假……」

忘了是什麼時候的事了，他曾說自己感冒，請了兩三天假。

那時我也沒能察覺……

「為什麼那時我一點也不覺得奇怪呢？」

要是能察覺的話，說不定那時就能扭轉什麼了。

「這次我一定要好好察覺。」

決定不能重蹈失敗的覆轍。

在心中對自己如此發誓，現在的我開始準備出門上學。

「——大概是這樣。」

我傳了訊息向奏多報告。

立刻收到了回覆。

【我看過日記所以知道喔。太好了，接下來要加油了。】

「啊、對喔，奏多也有日記……」

不曉得奏多怎麼看待我們的事呢？這麼想時，老師走進教室了，我也趕快將手機收進口袋。

我還在回想昨天的事出神，課就上完了。為了準備下一堂課，我的視線落在桌上的課本時，忽然有人叫我。

「旭。」

「深雪？」

深雪走到我眼前。

「還順利嗎？」

我對擔心的深雪微笑，她才露出放心的表情。

「太好了……」

「謝謝妳。」

「我什麼忙都沒幫啊。」

說著，深雪也笑了。

「在我記憶中，你們直到那天感情都很好，總是笑著在一起。所以……要是能讓我忘記妳悲傷的樣子也好。」

「深雪……」

「所以，妳別再露出這副表情啦。」

「嗯，謝謝。」

我拚命擦掉差點奪眶而出的眼淚，對眼前溫柔的死黨微笑。

「好，繼續往下讀吧……」

做好睡覺的準備，我坐在書桌前。

今天也打開新的日記本，這已成為我的日課。

——想像著新過去也像這樣打開日記本。

4月25日

今天開始和旭一起去學校。

話雖如此，因為我們學區不同，能一起走的時間很短……

不過，一起到學校後，至少在第一堂課前能在一起。

放學後也一起回家。

……光是這樣就很高興。

雖然奏多說你們老是在一起不膩嗎？

我想盡可能和旭在一起，和旭分享更多時光。

就算只多一點也好……

「新……」

如果能盡可能增加在一起的時間，我們的距離會比上次更近嗎？

「如果能這樣就好了……」

闔上日記本，我一如往常鑽進被窩。

「咦？」

「奏多？」

為了確認鬧鐘打開手機一看，發現有未讀訊息。

裡面只寫著一句話。

【不要親熱過頭囉，我這邊都看得到。】

竟然這麼寫。

「哪、哪有親熱啦！」

忍不住對著手機這麼說，但奏多當然不可能聽見。

「真是的！」

傳了一個生氣臉的貼圖過去，我關掉通訊程式。

「得跟那邊的奏多說一下，叫他別在日記裡寫太多讓人難為情的事才行……」

腦中浮現比現在稚氣的朋友那張臉，為了前往正在過去等待我的大家身邊——我再次入睡。

◆◆◆

醒來之後，準備準備就出了家門。

今天也一如往常這麼行動。

不過，和平常不一樣的是……

「在那裡……」

我和新家中間的神社階梯下，新一副無所事事的樣子站在那裡。

距離約定時間還有十分鐘，我都已經提早了，他還比我更早到……

（總覺得這樣……好害羞喔……）

一下打開手機，一下拉拉特地梳理的頭髮，一下東張西望……

（啊……）

「……早。」

「早安。」

發現正在這邊偷看他的我，新輕輕揮手。

「你來得真早。」

「剛到而已啦。」

（騙人。）

我呵呵一笑，新疑惑地看著我。

「走吧？」

「嗯。」

中間隔著一點距離，我們開始往前走。

只要伸出手，好像就能碰到對方，但始終碰不到的距離。

（只要再近一點點……）

新並未察覺我的心思，面對前方興沖沖地開始說話。

「昨天回去之後妳在幹嘛？」

「喜歡看哪個電視節目？」

「妳有兄弟姊妹嗎？我？我有一個哥哥。」

雖然無法牽手，但只要像這樣天南地北閒聊，走在一起——我非常鍾愛這個瞬間。

「回家之後，我打電話跟深雪報告了。」
「常看的是音樂節目。」
「我有一個妹妹。咦？我很有姊姊的樣子？新也很有弟弟的樣子啊。」
我們不斷訴說關於彼此的事，距離一口氣拉近。
家人的事、喜歡的電視節目、喜歡哪個老師、其實不太敢吃辣……
像這樣你一言、我一語地說著，忽然，新露出嚴肅的表情。
「旭……妳為什麼會喜歡我啊？」
「欸？」
「不是啦……那個……抱歉、當我沒說，忘了吧！」
新紅了臉，舉起穿長袖制服的手遮住臉，急著想略過這個話題。
「我只是有點好奇而已，妳別放在心上！」
「喜歡你溫柔的地方。」
「咦？」
「還有，臉皮有點薄、做什麼都很努力、對自己的事滿不在乎，卻老是在關心身邊的人。」
說也說不完。
喜歡的地方太多了，光用言語無法說明。

（好想讓你更明白，我是這麼喜歡你……）

但是，一看到眼前紅著臉愣住不動的新，忽然覺得很好笑，無法繼續說下去。

所以，最後只說一件事。

「新身上有許多沉重的包袱，我希望自己也能陪在你身邊，幫你一起扛。」

「旭……妳的意思是……」

「就是……最喜歡你的意思啊！」

「唔……停！先說到這裡就好……」

新摀著臉這麼說，當場蹲了下去。

「新？」

從手指的縫隙，看得到他滿臉通紅。

「沒想到旭這麼愛捉弄人。」

「有嗎？」

「有啊。」

「抱、抱歉。」

我急忙道歉，新抬起頭說：

「不過，就連這樣的妳我也喜歡。」

「唔……」

「禮尚往來……哈哈。」

可惡！我故作生氣地喊，新像個惡作劇成功的孩子般笑了。

笑了一會兒，新站起來對我伸出手。

「來，起來吧。」

新這麼說。我抓住他的手站起來。

「——謝謝。」

即使這麼說了……還是不放開他的手。

新緊緊握住我的手，輕聲說：

「就這樣牽著也沒關係嗎？」

「當、當然！」

「太好了！」

鬆了一口氣的臉嘴角上揚，新再度握緊我的手往前走。

牽著手走路，步伐便一致，很有走在一起的感覺。

這讓我高興得心頭有如小鹿亂撞。

「怎麼了？」

「咦？」

「沒有啊，妳笑什麼？」

「嗯……只是覺得好高興。」

「我也是！好高興喔。」

正當我們這麼說著，相視而笑時，背後傳來說話的聲音。

「那兩個，能不能想想辦法啊？」

「才剛交往第二天而已吧，應該沒辦法。」

「到學校後還會這副德性嗎……我可不可以踢他們？」

「不可以踢旭喔，要踢就踢新。」

「ＯＫ☆」

聽到熟悉的聲音，我回頭一看……和正要撲向新的奏多對上眼睛。

「早……？」

「我都看到了啦。」

「哎呀，真可惜。」

深雪從奏多背後探頭。

「深雪早安。」

「早安。一大早就這樣卿卿我我的，大家都看到了喔。」

「我們哪有！」

新急忙否認，深雪和奏多笑得不懷好意，接著……

「只是覺得好高興。」

「我也是！好高興喔！」

「你們兩個！」

「你們兩個！」

因為深雪和奏多模仿我們說話，我和新同時提出抗議。看到這樣的我們，深雪又笑嘻嘻地說：

「啊哈哈，有什麼關係嘛。你們不是在交往嗎？總比原本相敬如賓的情形好太多了吧？」

「要是妳真這麼想就不要亂開玩笑！」

「怎麼這麼說呢。」

「怎麼這麼說呢。」

「你們兩個是怎樣啦！」

深雪和奏多又笑了。

看著他們……我和新也笑了。

平靜的、快樂的、幸福的日子。

我曾毫無疑問地度過這樣的時光。

多希望過去那一段美好時光今後也能繼續。

——午休時間，我們在鬧哄哄的教室裡吃午餐。

「所以，今天放學後……」

「好，那就今天放學後！」

聽我這麼一說，新微笑點頭。

背後傳來忿忿不平的聲音。

「他們又在約放學後了啦。」

「那不是很好嗎？」

「很好沒錯！但新現在都不理我了，好無聊喔！」

「說什麼無聊啊，你這傢伙……」

一副傻眼模樣的深雪面前，是托著下巴的奏多。

「不然，奏多也一起去？」

「咦，可以嗎？」

「不行！」

新打斷喜孜孜的奏多。

「今天是我和旭的約會，跟奏多下次再約。」

「小氣——」

「我沒關係啊……」

「我有關係！」

「好吧……」

新紅著臉拒絕我的提議，我也只好什麼都不說。

「難道……旭比較想要奏多一起嗎？」

「沒那回事！我……我比較想要和新一起就好……」

「那就這麼說定了。」

「嗯！」

看新那麼開心，我也高興了起來。

新對我微笑，我也還以微笑，光是這樣就覺得心底一片暖洋洋的。

「噯，我現在很受傷耶！」

「誰教你自己送上去給馬踢，笨蛋。」

「雖然很可憐……但也沒辦法。」

「過分！」

深雪取笑奏多，我和新也跟著笑了。看著這樣的我們，奏多和陽菜都笑了。

◆◆◆

醒來後，確認日記內容……沒什麼太大變化。

這樣下去可能真的不行。但是，新看起來很開心……

這麼想著，我闔上日記本。

——晚上再次打開。

4月26日

今天放學後也和旭約會。

我……第一次拍了那種東西！

女生真厲害！

下次也要帶奏多去拍！看到眼睛變成那樣閃亮亮的，他一定會嚇一跳！

◆◆◆

「欸欸欸欸？這什麼？」

「看這邊，新！鏡頭在這邊！」

「哪、哪裡啊？看螢幕不行嗎？」

——喀嚓——

「嗚哇！我在看哪裡啊！眼睛怎麼這麼大！旭好可愛！」

「哈哈哈，要不要再拍一次？」

「要拍要拍！我第一次拍這個，很好玩耶！」

放學後的遊樂場中，我和新兩個人嬉鬧著玩了好幾次拍貼機。

「再來要拍最後一張囉。」

「……」

「新？」

——請擺好姿勢，3、2……

「快啊，要拍了……」

——1……喀嚓——

「怎……麼……」

「不能給別人看喔。」

「才、才不會給別人看呢……」

忘不掉臉頰的觸感……看我伸手壓住臉頰，新露出促狹的笑容，但我發現他的耳根也發紅。

接著，螢幕上映出大大的照片，好讓我們在上面塗鴉……羞紅了臉的新慌忙按下列印按鈕，我忍不住笑起來。

看到這樣的我，新也難為情地笑了。

◆◆◆

4月27日

今天下午和旭去看了電影！

原本還擔心看動物主題的電影會不會睡著，不知不覺中，我哭得比旭更厲害。

波奇能遇到牠的主人真是太好了！

看完之後，我們去咖啡店聊天，然後才解散！

明天也約好要出去玩，去那裡好呢？

◆◆◆

「啊、新……你還好吧？」

「沒事……嗚嗚……抱歉……」

「新……」

看到新流下大顆大顆的眼淚，我把事先準備好的手帕拿給他，他拚命拭淚。

「這又不是特別賺人熱淚的電影，怎麼會這樣……」

「可是這電影很棒啊！尤其是結局！」

「對啊！波奇能遇到牠的主人真是太好了！」

新笑著這麼說，眼神閃閃發光。

「啊、對了，接下來要去哪？我、我還想繼續在一起……」

「咦、啊……那，不然去咖啡店坐坐？上次我和深雪去過一間，氣氛不錯。」

「那就去那間吧！」

「嗯！」

一邊往前走，新一邊喃喃低語：

「抱歉啊……我表現得一點都不大方……」

「欸？」

「我很想好好表現一下，就像、就像奏多那樣帥氣。可是，旭一站在我面前，我就手足無措了……」

「新……」

「我真是沒用。」

（別露出這種笑容……）

笑得一臉落寞的新太可愛了，我忍不住緊握他的手說：

「我喜歡的是新啊。不用表現得很帥氣也沒關係，手足無措也沒關係！我只想和新在一起，我喜歡新。」

「旭……」

「嘴上說得好聽，其實我也一樣手足無措。」

「旭……」

再次緊握新的手，我笑著說：

「手足無措的兩個人……只要慢慢前進就好。」

「是這樣嗎？」

「是啊！畢竟才剛開始交往。」

「也對……」

新放心地笑了，我也輕輕微笑。

◆◆◆

4月29日

早上起來，一想到今天也能跟旭見面就好高興。
見到了旭，聽到她說「早安」也好高興。
一起回家，對彼此說「明天見」也好高興。
晚上睡覺前，一想到明天一早又能見到旭，也好高興。

雖然都是些小事，但全部都很開心。

「呵呵、新真是的……」
這幾天回到過去的世界，每天都和新一起開心地度過。
沒有爭吵，沒有誤會也沒有傷心事，只是過著幸福溫暖的每一天。
——所以，我假裝自己已經忘了。
忘了過去，在這段時光過後，等在前方的不是幸福。
忘了現在這個世界，現在這個當下新已經不存在，這個事實意味著什麼。

◆◆◆

「天亮了。」

今天也一樣，一醒來就先看手機。

——4月29日 星期一——

「啊……對了，今天是……」

看到日期下方小小的英文字，我才發現。

「今天是我……十五歲生日。」

我十八歲的生日早就過了，但在這邊的世界，今天是我十五歲的生日。

「生日快樂，十五歲的我。」

三年前的生日是怎麼過的來著……一邊想著這些事，一邊開始準備出門上學。

「早安！」

「早！」

今天也和新在約定的地方會合，他已經到了。

「你每天都這麼早。」

「……」

還以為他會跟上次一樣說「我也剛到而已」，不知為何，新有點害羞地低下頭。

「一想到要跟旭見面，就忍不住提早來了。」

「唔……這、這樣啊……」

「很奇怪嗎？」

「不會啊，謝謝你。」

「為什麼道謝啊？」

新說著笑了起來，我也跟著笑了。

「那我們走吧？」

「唔……」

「旭！」

「呀！」

正要往前走時，手臂被什麼纏住了……我忍不住大叫。

「早安！」

「深、深雪？」

「對！旭，生日快樂！」

「咦？啊，謝謝！」

說完，深雪將一個小紙袋交給我。

「雖然怕打擾你們，可是如果去了學校才給，又怕老師會說話……」

「不會打擾啦！我好高興！」

「真的嗎？那就好。」

深雪像是鬆了一口氣，對我微笑。

「咦？今天是旭的……」

聽了我們的對話，新慌張地想說些什麼——可是，又被另一個人打斷。

「旭！Happy birthday！」

「奏多？」

「給妳，生日禮物。」

說著，奏多也給我一個便利商店的塑膠袋，裡面放了幾種熟悉的零食。

「不知道該送什麼好，就挑了幾樣妳可能喜歡的。」

「謝謝！」

「不客氣。」

「深雪就算了……」

「嗯？」

剛才被奏多打斷的新，鐵青著臉開口。

「為什麼連奏多都知道旭的生日？」

「什麼為什麼，這不是普通常識嗎？」

「哪有這種普通常識啊。」

「新，你該不會……」

聽了新的話，深雪和奏多訝異地望向新。

於是我想起來了，回到過去的世界時，我沒跟新提過自己生日的事。

「旭，那個……我不知道妳生日，真的很抱歉！」

「咦？別這樣啊新！」

新向我低頭道歉，我不知如何是好，朝深雪和奏多投以求助的眼神，兩人都露出「這下糟了」的表情，把頭別開。

「我什麼都沒準備，更何況連奏多都知道，我卻不知道，根本沒有資格當妳的男朋友……不知道該怎麼說好，總之對不起！」

「別道歉……我、我還不是不知道新的生日！」

現在的我還不知道新的生日是什麼時候。所以，希望他別在意——儘管我這麼說了，新還是帶著歉疚的表情看著我。

「旭……」

「我們對彼此都還有很多不知道的事，不過，只要接下來慢慢知道就好了啊！」

「是這樣嗎？」

「所以你真的別介意，好嗎？」

「……嗯。」

嘴上這麼說，新的表情還是很沮喪。深雪說：

「笨蛋，你這麼介意的話，放學後你們兩個人一起去買禮物不就好了嗎？再順便找個地方吃蛋糕啊——」

「深雪，停。」

「怎樣啦？」

奏多打斷以一副「這主意不錯吧」的架勢不斷提出建議的深雪。

「妳看新，他現在臉上是不是寫著：『拚命想出來的點子都被深雪說完了！』」

「……哎呀，真的耶。」

「深雪～～～～～～」

新氣得嘴巴一開一闔，深雪敷衍地說「好啦好啦，抱歉」。

當年我不知道，現在才重新體認他們三人感情真的很好……雖然深雪一定會否認。

「反正就是這樣，放學後你們兩個自己去慶祝吧。」

「嗯，我是不在意啦……」

「可是我在意！所以，讓我幫妳慶祝好嗎？」

「嗯，我知道了，謝謝你，新。」

「我什麼都還沒做啊。」

說著，即使表情還有點憂鬱，至少新笑了。

——放學後，我和新來到隔壁鎮上的購物中心。

「妳有什麼想要的東西嗎？啊，不是的！我真沒用，上課時一直想該送什麼給旭才好，可是怎麼想都想不到適合的……」

「呵呵……」

「妳笑什麼？」

看著新，我便會自然而然地笑出來。新鬧起了彆扭，那模樣好可愛，我又得拚命忍住才不會再笑出來。

「知道新為我想這麼多，我好開心。」

「旭……」

「比起任何禮物，新的心意最讓我高興。」

「話雖如此，妳是不是不想讓我送禮物？不行喔，我一定要買一個旭會中意的禮物。」

「好～」

我們這麼說笑著，逛了好幾間店。

（新大概不知道，這段時間對我來說有多幸福、多重要、多令我眷戀……）

每一次看到身旁微笑的新，我的心都會感到一絲喜悅與悵然的痛楚。

「就決定是這個了！」

忘了來到第幾間店，新交給我一個有小小裝飾的手環。

「好可愛！這是……葉子？」

「嗯，好像是葉子造型的飾品……」

「新？」

新吞吞吐吐，神情羞澀地說：

「那個……我的名字『新』有新綠的意思，大自然的生命力……類似這種感覺。所以，那個……無法見面時，就讓它代替我陪在妳身邊。啊！抱歉！我自己說了都覺得難為情！還是換其他東西好了！」

「不要。」

「咦？」

躲開急著想從我手中拿走手環的新，我緊緊抓住手環。

「我要這個。」

「旭……」

「不行嗎？」

「當然……可以。」

不知所措地看了我一眼，新露出泫然欲泣的表情笑了。

我們在購物中心裡的小咖啡店休息。

「有點累呢。」

「會嗎？和新在一起，我一點也不累！」

「就算妳這麼說，我也沒東西好請妳喔。」

新像個惡作劇的孩子似的這麼說。

接著——

「旭，生日快樂！」

話才說完，店裡的燈就熄滅了。

「咦……欸？」

店內響起熟悉的音樂，兩塊插著蠟燭的奶油蛋糕端到我們面前。

「生日快樂！」

「啊，謝謝……」

「快啊，旭！」

新用期待的眼神看著我，催促我吹熄蠟燭。

「嗯、嗯……呼！」

「生日快樂！」

「祝妳生日快樂！」

「謝謝……」

店內響起掌聲，我不知如何是好，只得苦笑。

「咦？妳不喜歡這種驚喜嗎？」

確定店員離開後，新小聲問。

「欸？不會啊，只是有點嚇到。」

「剛才我問店員有沒有蠟燭，他們問我是不是有人生日，還說店裡有給生日的人特別驚喜的服務，我就……」

新一臉歉疚的樣子，我趕緊對他微笑。

「因為第一次遇到這種事，有點意外而已啦。不過……謝謝你！」

「旭……能讓妳開心就太好了。」

說著，新笑了。看著這樣的他，內心一陣溫暖。

「開動吧！」

新握起叉子，我再次微笑。

一邊閒聊一邊吃蛋糕，我聽到好幾次手機震動的聲響。

「不接嗎？」

「欸？」

「電話，從剛才就一直震動吧？」

「喔……嗯，還不用接沒關係……」

說完，新硬是岔開話題。

「下次放假去哪好？像上次一樣看電影也不錯呢。進入五月之後，還可以去野餐！」

「嗯，是啊。」

（他在隱瞞什麼？）

和平常不一樣的態度，讓我感到不安。

可是……

（日記裡都沒寫到，是我想太多了嗎？）

試著回想睡前看的日記內容，沒有特別令人擔心的事。

倒不如說……

（咦？日記裡也沒提到像這樣兩人獨處的事……）

這是怎麼回事？

難道今天會發生預期之外的事？

說不定……

「新，如果我說錯的話很抱歉，你今天原本是不是有別的事？」

「欸……為什麼這麼說？」

「果然有……」

（而且一定是不能告訴我的事……）

「所以才會從剛才就一直有電話打來？」

「……」

「新？」

「——被妳發現啦。」

新心虛地說。

「從剛才就一直打來的是我媽啦。」

「你媽媽？」

「對——我原本答應……要陪她去買東西，結果放了她鴿子。」

說著，新笑了笑。

「陪媽媽購物和幫旭過生日耶？怎麼想都是選生日啊！」

「新……」

「我會跟我媽道歉的，妳別這個表情。」

「一定要道歉喔。」

「嗯，那我現在就去打個電話。要不然她還會一直打來。」

新拿出手機，從位子上站起來。

「好吧，那你一定要好好跟媽媽道歉喔……」

「好——」

說完，為了找個方便講電話的地方，新朝咖啡店外走去。

他本該走出店外的。

正要朝咖啡店外走去的新，忽然從我眼前消失了。

隨之而來的——是什麼倒下的聲音。

難以相信眼前發生的事，我動彈不得。

「咦?」

——腦袋無法理解。

因為,剛才新還在我眼前笑著啊。

「啊……唔……呼……」

「新?」

我站起來,映入眼簾的,是用手按壓胸口、身體蜷曲的新。

「新?新!」

「這位客人,您不要緊吧?」

「我、沒事……」

「要、要不要叫救護車?」

「等、一下……」

新伸長了手,抓住我的肩膀,臉因痛苦而扭曲。

「新?」

「藥……包包裡……」

「啊!」

(上次的藥!)

我急忙打開新的包包翻找,找到裝在小袋子裡的藥錠。

「是這個嗎?」

「謝、謝……」

接過藥，新死命地塞進嘴裡。

……究竟過了多久時間。

或許只過了幾分鐘，但感覺就像過了幾十分鐘。

我驚慌失措，只能緊抓放藥的袋子。新觸碰我的手。

「抱歉……已經……沒事了。」

「新！」

「對不起，給妳添麻煩了……」

「你沒事吧？真的不用叫救護車嗎？」

「不要緊……常有……的事……」

新的臉已毫無血色，語氣卻淡然冷靜。

握著我的手，新走出咖啡店。

我們走了一會兒，找張長椅坐下來，新擦拭額頭的冷汗。

「新……」

「嚇到妳了吧，抱歉。」

「我……我還以為新要死掉了……」

「傻瓜……沒事，妳看，我不是活得好好的嗎？」

新雖然笑著這麼說，我卻笑不出來。

別說笑了，我全身都在發抖。

新差點死在我眼前。

新的生命差點消逝。

而我——

而我卻——

我卻……什麼都無法為他做。

「旭。」

「什、什麼事？」

「抱歉，我們今天……還是回家吧？」

「啊……嗯，這樣比較好。」

「真抱歉……事情變成這樣……」

「我才該向你道歉……」

我情不自禁這麼說，新露出自嘲的笑容。

「為什麼是旭道歉呢？不好的人是我啊。」

新的表情實在太痛苦了……我什麼都說不出口。

◆◆◆

「新……」

之後怎麼回到家的，我已經記不清楚了。

只是，回過神時，我已回到現在。

「還是……晚上？」

在被月光照亮的房間內，映入眼簾的是依然放在書桌上的日記本。

「對了！日記……」

我想知道，新和我分開後怎麼樣了。

沒事吧？身體還好吧……

4月29日

今天好像是旭的生日。

早上看到深雪和奏多幫她慶生，我才知道。

……深雪就算了，奏多那傢伙明知旭生日，怎麼不跟我說一聲。

不過，放學後我和旭一起去慶祝了她的生日。

也送她禮物了。

好幸福。

……這樣的幸福無法持續，我再清楚也不過。

對媽媽的聯絡視若無睹，也沒照她昨天的吩咐去醫院。因為這樣受到上天懲罰了吧。

旭一定也發現了。

糟透了、糟透了、糟透了、糟透了、糟透了！

可是，我無論如何都想幫她慶生。

我想看到旭開心的模樣。

被勒令明天請假，在家好好休息。

這樣或許可以不用面對旭的疑問……

讓我多點時間思考該怎麼回答……

「內容完全不一樣了？咦？去醫院是怎麼回事？昨天？」

（昨天我們不是一起去看了電影嗎？新看完電影哭了，還說明天再一起玩的啊……）

撲通……撲通……

心臟跳動得比平常還大聲。

我輕輕翻回前一頁，看到的是……四月二十八日的日記。

4月28日

今天和旭約會！

好幸福……卻沒想到，晚上病發了。

糟透了。

吃了藥雖然壓下症狀，但只要發作一次就可能頻繁發作，明天放學後得去醫院了。

最近病情好像穩定了點，可能因此太大意。

……難得明天想跟旭出去玩的，但也沒辦法。

「這是……什麼……」

（我怎麼沒看過這個日記內容？）

「所以新的媽媽才會一直打電話給他？」

——因為他沒去醫院？

「都是我害的……」

因為我的關係，新才會……

「得回去才行……」

已經回去過一次的日期無法再回去，這個我知道。

既然如此……

「既然如此，只要回四月二十八日就好……」

我現在才第一次看到這天的內容——我用手指撫摸這天的日記。

「等等我……新……」

為了再次啟程前往過去，我閉上眼睛。

◆◆◆

景色只從眼前經過，這種感覺很熟悉。

（為什麼？）

四月二十八日的日記內容在我眼前發生，我卻只能束手無策地看著。

就像在看錄起來的節目一樣。

（上次會這樣，是因為那是已經回過一次的過去……可是這次不是啊？）

我沒有回到四月二十八日過。

——我只不過是不小心跳過一天，先讀了後面的日記內容而已啊……

這樣也不行嗎……即使能回到過去，已經通過的部分就無法再回去了嗎？

是這樣嗎……

◆◆◆

「唔……」

醒來後，我重新看了一次日記。

……但是，上面的文字沒有任何變化。

「為什麼……為什麼……」

滴滴答答落下的眼淚，暈染了新寫的字。

「我這個笨蛋！」

在哪裡疏忽了。

太大意了。

因為太幸福。

因為一切實在……太順利了。

「書頁黏在一起……我竟然沒有發現……」

早知道就該更小心一點翻閱。

每一頁每一頁都是與新的過去獨一無二的連結，我怎麼沒有早點注意到這一點……

「要是早點注意到……事情就不會變成這樣了！」

要是早知道的話，我就會拒絕新的邀約了。

要是早知道的話，就不會讓他幫我慶生了。

要是早知道……的話……

「新……對不起……」

我做出的事不但沒有讓新的病情往好的方向轉變，要是一個不小心還會……

「都是……我的錯……」

拿日記本的手在顫抖，我不敢翻開下一頁……

我一直試圖想辦法創造與新的未來。

可是……

要是因為我而毀掉新的未來……

要是因為我，使得那一天提早來臨……

這麼一想，日記本的存在忽然變得可怕起來。

「旭……妳沒事吧？」

「深雪……」

看到我對著教室外面發呆，深雪擔心地過來問我。

「發生什麼事了嗎？」

「……」

——我差點殺死新。

要是這麼說的話，深雪會有什麼反應呢？

「沒什麼……」

「……」

從那天起，已經過了一星期。

我還無法翻開日記本的下一頁。

連碰都不敢碰新的日記。

「或許我……」

「咦？」

「或許我不是很可靠，但妳如果一直擺出這種表情的話，不如跟我談談？」

「深雪……」

深雪摸摸我的臉，抓著我的臉頰，用力向左右兩邊捏。

「好、好痛……」

「妳可能不這麼想，但我可是把旭當成重要的好朋友喔。」

「……」

「就算什麼忙都幫不上，至少讓我陪妳一起擔憂。」

「謝謝妳……」

「我什麼都還沒做啊。」

說著，深雪笑了，我覺得心情輕鬆了一點。

「這樣啊，那還真難受。」

「嗯……」

放學後，我和深雪來到咖啡店，我把前幾天發生的事一五一十告訴了她。

「都是我的錯，我太得意忘形了……」

「旭……」

「我明知道新的心臟不好！結果還是什麼都沒做，這樣豈不是跟毫不知情的時候一樣嗎？」

「沒這回事！」

我的聲音激動起來，深雪嚴肅地否定。

「沒這回事。據我所知，你們——和旭在一起時的新總是很開心。」

「那是……」

「是現在這個我腦中的記憶喔。」

「欸？」

我腦中的記憶，是被妳改變過的過去吧——這麼說時的深雪表情有些落寞。

「所以……」

「——深雪說的沒錯。」

「哎呀，你怎麼這麼慢才來。」

「從我們學校到這裡很遠耶。」

這麼說著，走到我們桌子旁的……是奏多。

「而且深雪妳每次都臨時才聯絡。」

「喔，抱歉。因為我擔心旭啊。」

「真是的……」

坐在深雪旁邊，奏多看著我。

「上次之後就沒碰面了——今天找我來……是為了四月二十九日那件事，對吧？」

「唔……」

奏多對我投以擔心的視線，我不由得別過頭。

深雪代替什麼都不說的我開口。

「你那邊情形如何？」

「……一開始的內容都很普通，就寫些學校裡發生的事情，真的就只有那樣而已。可是……上週末我有點擔心，再次打開來看，發現新不但病發了，還被送去醫院，半夜又嚴重發作一次，在半夜裡——」

「等一下！你說夜裡……可是新的日記沒有提到……」

我回想日記內容，完全沒提到這樣的事。只寫著被勒令請假好好休息，我還以為他休息過後就好多了……

「——可能是寫完日記之後才發作的吧。」

「新……」

新不像我以為的平安無事……

在那之後，因為我的緣故，新他……

都是我害的……

「旭……」

「——明明約好了。」

「咦？」

「明明約定好了……要讓新擁有更多更多回憶，結果全部被我破壞了……」

因為我做出的事——別說為新創造更多未來了，甚至連他曾經擁有的過去都可能喪失……

都是我害的——

「別露出這種表情……」

面對壓抑不住情感、語氣激動的我，奏多以溫柔的聲音這麼說。

「改變過去本來就可能引起好事和壞事，這是可以確定的……旭，妳應該也很清楚吧。」

「我……」

「今後或許還會發生像這樣教人難受的事，即使如此……即使如此，妳也不會放棄新，不是嗎？」

「奏多……」

我抬起頭，眼前是比當年成熟許多的奏多，和當年一樣對我微笑。

「既然這樣，旭，別放棄新。絕對……不管發生了什麼，旭，只有妳絕對不能放棄新。」

「奏多……」

「我再正式拜託妳一次，新就交給妳了。」

「我……我……絕對不會放棄，絕對不會放棄新的！」

像是要說給自己聽似的，我一再反覆這句話，並且再次下定決心。

（只有我，絕對不能放棄。）

「不過——」

差不多該回去了——這麼說著，正想走出咖啡店時，奏多一臉憂慮地開了口。

「在妳對過去的干預下，和妳有關的人的心情也會出現轉變……所以……」

「奏多？」

「不，沒什麼。總之，妳別太勉強自己喔。」

奏的臉上是難以言喻的表情，除此之外不再多說什麼，我們就這樣離開了咖啡店。

（奏多？）

說不在意他的話是騙人的。

但是，現在我只想去見新！不想浪費任何一秒……

想著放在桌上的日記本，我朝回家的方向全力狂奔。

第四章

回到家的我，把還放在桌上的日記本打開。

4月30日

住院一個晚上，今天傍晚才回家。
在醫院被醫生罵了，說我為什麼不早點去。
要我更愛惜自己的身體。

我知道，可是……
既然只有現在能在一起，我當然想和旭一起度過。
畢竟，沒有人能保證明年旭生日時，我還能幫她慶生……

傍晚，旭來探望我。
可是，我不知道怎麼說明才好，沒見她就要她回去了。

昨天她一定嚇壞了，都是我害的。

旭，真的很抱歉……

「新……」

該怎麼做才能讓新動不動就放棄的心情轉換為正面思考呢。

為了明年、後年還能一起迎向這一天，我能做什麼？

「看來……關於他生病的事，還是得想辦法讓新告訴過去的我才行了……」

為此，有什麼是我能做的？

——不管怎麼想，都想不出答案。

「可是，我得去見他。」

就算他說不想見我，我也得見到他……這麼想著，我躺上床，閉起眼睛。

◆◆◆

醒來第一件事就是確認日期。

——4月30日——

是那天的……隔天。

「抱歉啊，新……」

穿上掛在牆上的制服，我準備出門上學。

「我出門了。」

走出玄關時，腳步沉重。

但我還是得繼續走，走到和新約定會合的地方。

雖然現在，應該沒有人在那裡等。

「新……」

「新今天請假喔。」

「奏……奏多？」

「是說，不用我說妳也知道吧？」

「嗯……」

——他什麼都不問，反而讓人難受。

為什麼不乾脆罵我一頓呢。

『妳搞什麼鬼！』

『不是說了要妳別亂來，要好好看住新的嗎？』

要是他能這樣說，我不知道會有多輕鬆……

「沒事吧？」

「我……我沒事。」

「新他……」

「咦？」

「他很擔心妳。」

聽到奏多這麼說，我抬起頭，只見他表情凝重地望著我。

「——終於肯看這邊了……」

「欸？」

只聽到他輕聲說了什麼，詳細沒聽清楚。沒什麼——奏多這麼說了之後，又繼續說：

「沒有啦，新他啊，因為在旭面前昏倒了，一直很怕妳擔心。請假的事也是，其實他本來想自己聯絡妳，但又不知道該如何說明。」

「所以才叫奏多來嗎？」

「嗯……算是這樣吧。」

「你人真好。」

我這麼說著笑了出來，奏多才安心似的，不再板著一張臉。

「妳應該知道，新那傢伙極度不願讓別人知道他心臟的事。」

「嗯……」

「大概因為太常看到父母為自己哭的樣子了，他一定也不想讓旭露出那種表情。所以……」

「——謝謝你。」

打斷奏多的話，我這麼說：

「可是，我不能不知道。關於新的事、新生病的事，我非得知道更多不可。」

「旭……」

「否則，我就什麼都無法為他做……」

心好痛，胸口一陣苦悶。

繼續這樣下去，又會跟新分開。

然後陷入後悔。

後悔自己什麼都沒做。

後悔自己什麼都無法改變。

「所以，不管再辛苦再痛苦，只要是會讓新難受的事，我都得知道。我想聽到新親口告訴我。」

「我知道，我知道……妳不要露出這種表情。」

「咦？」

「——連我都想哭了。」

我的表情看起來真的那麼痛苦嗎？

對著一臉為難的奏多，我刻意露出笑容。

「謝謝你為我擔心，不過，我沒問題的！」

「這樣啊……在這邊時如果心裡難受，隨時都可以告訴我。我至少能聽妳發洩一下。」

「欸？」

「要不然妳沒人能說吧？因為知道未來會發生什麼而產生的煩惱，沒辦法告訴別人吧？」

「奏多……謝謝你。」

我這麼一說，奏多就輕聲笑著回答：

「總之，我也是盡可能想看到你們兩個開心的樣子啦。」

「奏多……你人真的很好。」

「妳現在才發現？我人一直都這麼好唷。」

奏多不服氣的樣子有點好笑……我忍不住笑了。

看到這樣的我，奏多也笑了。

「既然這樣，好人奏多再告訴妳一件好事吧。」

「咦？」

「今天，我會幫忙讓你們見面。」

「——剛才我就想問了，你不是說不插手嗎？」

「嗯……今天算是破例，因為不只旭，新也一副難受的樣子。」

像是想起了什麼，奏多露出痛苦的表情。

「我只是想幫那個自己抱頭煩惱的笨蛋朋友，不是為了妳，這樣就行了吧。」

「奏多……」

「希望你們兩個趕快恢復讓我們都看不下去的好感情。」

「謝謝……」

我向他道謝，奏多微微一笑，不知為何，笑容中似乎有幾許悲傷。

放學後，我和奏多站在新家門前。

「回信了嗎？」

「嗯，還是說今天不能見面。」

「原因是什麼？」

「說他要外出，可能會比較晚回來……」

「那傢伙……」

說著，奏多從口袋裡拿出手機。

「你要做什麼……」

「噓——」

奏多在嘴邊豎起手指，要我安靜。

接著……

「啊、新？辛苦了，看完醫生了？這樣啊……田畑老師把你的作業放在我這，怎麼辦？是說，我已經在你家門口了。」

電話另一端是新。

聽得見新的聲音從話筒裡傳出，語氣比跟我說話時輕快。

「那我現在就去……咦？沒事沒事，阿姨不是在嗎？請她幫我開門就好，你不用下來。下樓上樓的等一下又發作。」

奏多以輕鬆的語氣這麼說，新好像又說了什麼，奏多不理會，就這樣結束通話。

「那就這樣，待會兒見。」

把手機收回口袋，奏多對我咧嘴一笑。

「就是這樣囉，拿去。」

他從書包裡拿出一份文件。

「這是？」

「田畑老師要我帶的作業啊。」

「咦……還真的有喔？」

「對，再來……」

奏多熟門熟路地按下電鈴，對講機裡傳來聲音。

『請問哪位？』

「啊、阿姨？是我，奏多。」

『喔、好，等一下喔。』

喀嚓一聲，玄關門打開了。

站在那裡的，是新的媽媽。

「午安！」

「午安……這位是？」

「啊？妳說她嗎？她是新的女朋友。」

「欸？奏多？」

「哎呀，是這樣嗎？第一次看到妳呢。」

「初次見面，請多指教！我叫竹中旭！」

和那天——和新的葬禮時比起來，媽媽看上去年輕許多。

（明明只差了三年……）

「怎麼了？」

「啊、不……沒什麼。」

忽然一陣鼻酸，使我忍不住沉默下來，新的媽媽疑惑地望著我。

「我剛才已經聯絡新了，我們幫他帶作業來！」

「老是麻煩你真不好意思，謝謝……兩人都進來吧。」

「好、好的！」

正當我跟在新的媽媽身後準備進去時，奏多故意大聲說：

「好……哎呀，糟糕！我忘了去幫我媽買東西！」

「奏多？」

「沒辦法了，阿姨，我得先回去！作業我已經拿給旭了，比起我，從女朋友手上拿到，新也會比較高興吧。」

說時遲那時快，奏多已經跑掉了，還對我眨了眨眼。

「欸、欸欸欸……」

「——妳叫旭嗎？」

「是、是的！」

不知是否很習慣奏多這樣了，新的媽媽對被留下的我微笑：

「不介意的話進來吧？我想新也會很高興的。」

新的媽媽對我招手，恭敬不如從命，我決定進去。

「打擾了……」

「來，請進。」

我穿上新的媽媽拿出的拖鞋，她往樓梯的方向望去。

「上二樓走到底，就是新的房間了。」

「好……」

「只是，昨天他身體有點不舒服……」

「啊……」

「現在情緒可能比較敏感……」

新的媽媽不知道……

她不知道原因出在我身上。

我差點害新死掉。

「對不起……」

「為什麼旭要道歉呢？」

「因為……都是我……沒有好好注意……」

我低下頭，新的媽媽輕聲嘆口氣。

「他不會聽勸的。別看那孩子這樣，其實很頑固。」

「……」

「只要是自己決定的事，他就絕對不退讓……也不知道是像誰。」

頑固……這麼說來，那時確實也是如此——第一次執意分手時。

不管我怎麼抗拒，怎麼要求他告訴我原因，新連看都不看我一眼。

「我已經決定了」——只是這麼說著，露出痛苦的表情。

「所以啊，旭什麼都不用介意。」

「可是……」

即使如此，我還是很懊悔，懊悔為什麼沒能阻止他，我應該要能阻止他的。

……新的媽媽對這樣的我微笑。

「妳這麼為那孩子著想，真是謝謝妳。」

「咦？」

「今後或許還會有讓妳操心的地方，我們新就麻煩妳多多照顧了喔。」

「是……是！」

接著，新的媽媽輕輕推了我一把，催促我上樓。

「等一下我會再端茶上去，妳先過去好嗎？」

我很識相吧？新的媽媽這麼開玩笑。

「不過，妳能不能幫我勸勸他安分點？雖然不聽媽媽的話，女朋友的話或許肯聽也說不定。」

「我知道了……」

「那就等會兒見喔。」

目送新的媽媽朝走廊走去，我慢慢沿著階梯上樓。

然後……

「呼……」

深深吐一口氣……轉動新房間的門把。

「……」

「奏多？這麼快？抱歉啊，每次都麻煩你。」

走進房間時，新正對著書桌拚命寫東西。

他沒聽到開門的聲音嗎？

以為我是奏多，毫不起疑地說起話來。

「……奏多？」

「……新。」

「旭……」

聽到我的聲音，新驚訝地回頭。

「為什麼？」

「這是田畑老師要給你的作業。」

「……奏多那傢伙。」

「……」

「抱歉。」

「欸？」

我不知道該說什麼才好，新笑著說：

「昨天嚇到妳了吧……我去醫院了，醫生說沒事！可能是太累了吧？我自己都嚇了一大跳呢！」

「新……」

「直到剛剛都還在醫院，現在才回來。幸好沒讓妳撲空……」

「新。」

「什、什麼事……」

新為了掩飾，連珠砲似地說個不停，我打斷了他。新做出冷淡的回應。

「你真的沒事嗎？」

「我不是說了……」

對不起，新……

我無法再假裝被你騙過。

「希望你告訴我實情。」

「咦？」

「我們不是……在交往嗎？我是你女朋友吧？既然如此……」

「……」

新什麼都不說。

什麼都不說，只是看著自己的腳邊。

「我想好好……了解新……」

「只因為是女朋友——」

「欸？」

「只因為是女朋友，就非得什麼都告訴妳不可嗎？」

「新？」

我從來沒聽過新用那麼冷淡的語氣說話——

心想——不行了。

新望向我，臉上的表情和那時一樣，彷彿已下定決心。

「什麼都得告訴妳才行嗎？再怎麼討厭的事也得說？我不想說的事也得說？」

「新……」

「——如果是這樣，那我不需要。」

「咦？」

「我不需要這樣的女朋友。」

「等等……」

新甩開我想觸碰他的手……帶著哀傷的表情說：

「抱歉……我好像只會傷害旭。」

「新？」

「明明說過要珍惜妳……但我做不到。」

「等一下！」

新拉著我的手，把我朝門外推去。

接著……

「對不起，旭……我最喜歡妳了。」

說完，新關上門。

之後，我在門口不停呼喊新的名字，新的媽媽覺得奇怪，擔心地上來二樓察看。

妳還好嗎？新的媽媽這麼問我，我只能道歉……從新的家逃出來。

「新這個大笨蛋！」

不想回家的我，坐在新家附近公園的長椅上。

「什麼嘛……什麼不需要！一點也不懂人家的心情！」

好傷心。

被拒絕是很痛苦的事。

可是、可是……更痛苦的是……

「氣死我了！新真是氣死我了！」

「還能氣成這樣，應該沒問題。」

「奏、奏多？」

「妳還好吧？」

不知何時站在我身後的奏多擔心地望著我。

為什麼奏多會在這……連問這個問題都很愚蠢。

會知道我在這裡的人只有一個——

「新叫你來的嗎？」

「嗯……算是吧。」

「……」

「那傢伙真是笨蛋。」

「真的是！」

「妳打算怎麼辦？」

奏多擔心地凝視我。

不過，我心意已決。

「因為太生氣了……所以絕不放棄！不管新怎麼拒絕，我……我都不想放棄與新共度的未來！」

「旭……」

「我受再多傷也沒關係，可是，我不想再束手無策地等電話了！」

這樣下去，一點意義也沒有，都不知道自己為何來到這裡了。

既然擁有寶貴的機會，可以改變未來，我絕對不願意什麼都不做就放棄！

「旭……妳好堅強。」

「欸？」

「沒事……那傢伙只要把話說出口，就很難勸退了喔。」

「我知道。」

「那……」

「可是，就像我需要新一樣……新一定也需要我！」

◇◇◇

送旭回家後，奏多再次前往新家，新頹喪地坐在床上。

「我送旭回家了喔。」

「她果然在公園？」

「嗯……你還真了解她。」

「當然，那是旭啊。」

新以哀戚的聲音這麼說。

「旭……哭了嗎？」

「她很火大。」

「哈哈……什麼嘛。」

新笑了……但表情像快哭出來。看到這樣的新，奏多忍不住開口。

「你確定要這樣？如果是旭……就連你生病的事……」

「——她應該也會接受吧。」

「那你何必……」

「可是，她一定會背著我哭，因為我而受傷。我不想讓她那麼難過。」

「——你真自私。」

「我知道。」

坐在新的身邊，奏多說。

「就算受傷又有什麼關係，被你甩掉還不是一樣會受傷。」

「兩件事無法相提並論，我可是快死的人耶……」

「即使如此……就算會受傷，旭她可能也希望留在你身邊啊……」

奏多的聲音和新一樣痛苦……輕輕閉起眼睛，新低喊最好的朋友名字。

「奏多。」

「什麼事？」

「我說你……是不是喜歡旭？」

「……是啊。」

瞬間的靜默後——奏多微微點頭。「我就知道……」新這麼說。

「那……」

「可是——」

「欸？」

「我可不要代替你喔。」

「奏多……」

「你應該很清楚吧，旭喜歡的是你……別讓我自己說出這種話。」

「抱歉……」

奏多站起來，戳了戳新的頭。

「再說……我還滿喜歡看到你們在一起的樣子。」

「啊……」

「說到底——我喜歡的應該是在你身旁笑著的旭吧。」

奏多露出落寞的神情，淡淡微笑。

「所以，你給我好好珍惜旭啦，我可是因為你才放棄旭的啊。」

「奏多……」

「別看我這樣，我很支持你們的。」

接著……

「你最好早點做好心理準備，旭她……一定不會放棄的。」

說完，奏多走出新的房間。

在奏多離開後的房間裡，新輕聲低喃：

「……我知道。」

聽到他的聲音，奏多臉上浮現安心的表情，獨自走下樓梯。

◇◇◇

醒來時，手機燈號一閃一閃，告知我收到訊息。

【妳還好嗎？】

是從過去到現在一直溫柔對待我的好友傳來的訊息。

「奏多……」

我不知道該怎麼回應才好，寫了又刪除……寫了又刪除……最後只傳了簡短的訊息給奏多。

【有點事想找你商量。今天有空嗎？】

【……今天已經跟陽菜約了，沒辦法。明天可以嗎？約在上次的公園。】

「明天啊……」

看著他立刻傳來的回覆，我自言自語。

其實現在馬上想找他商量，希望他能陪我一起思考今後到底該怎麼辦。

——可是，他也有他的現在。

我不能破壞。

【謝謝，那就明天公園見。】

送出訊息後，我關閉手機畫面。

新的日記本應該還在桌上。

可是——無論在奏多面前多逞強……要我再用文字複習一次剛才發生過的事，我還沒有那麼堅強……

結果，星期六就這樣什麼也沒做地混過了一天。

沒有打開日記……

然後——

「旭！」

「深雪……抱歉，放假還找妳出來。」

「妳說什麼傻話！要是不找我，我才要生氣喔。」

「謝謝妳……」

星期天，我和深雪一起前往跟奏多約定的公園。

「喔，奏多已經到了……久等啦。」

「沒有啊，我按照約定時間來的，嘖，深雪也來啦。」

「廢話！旭怎麼可能約你不約我。」

「又不是這個意思……」

看著一見面就拌嘴的深雪和奏多，我鬆了一口氣。

總覺得——新的死只是一個惡夢，現在他好像隨時都會出現，笑說：「你們在做什麼啦……」

明知不可能有這種事。

「抱歉啊，奏多。放假還找你出來……今天沒有跟陽菜約嗎？」

「嗯，今天沒關係。昨天不好意思，我才該道歉。但是實在……」

「不會啦，我也希望你以陽菜為優先，這是應該的啊。」

看奏多歉疚的樣子，我趕緊制止他，然後朝深雪方向望去。

「噯、深雪，在深雪記得的過去裡，我和新是何時分手的？」

「分手是國三那年三月，不過……」

「不過？」

「沒記錯的話，在那之前你們曾短暫分開過幾天，忘了是什麼時候了……我聽新說了才知道你們分手，可是很快就和好了……」

「妳記得那是什麼時候的事嗎？」

我忍不住大聲問，深雪說「妳冷靜一點」——沉默下來思考了一會兒，接著她又說：

「嗯——抱歉，我不記得了。只是有印象平常總是在一起的你們有陣子分頭行動……」

「這樣啊，謝謝。」

我和奏多的記憶沒有改變，只有深雪腦中的記憶是被我改變了的過去。

「奏多傳訊息給我，是因為日記內容改變了吧？」

「正確來說是重寫了。裡面寫著新生病之後你們兩人起了爭執，所以我有點在意。」

「要怎樣新才願意自己對我坦承生病的事呢……」

我喃喃低語，他們兩人都露出為難的表情沉默下來。

「應該……很難。」

「奏多？」

奏多小心翼翼選擇遣詞用字：

「那陣子的他，很討厭看到別人為他而哭。或許因為生病的事讓父母操心太多，造成他這種想法……」

「新……」

「所以，那傢伙一定沒法親口對旭說，因為他不想再增加為他心痛的人了……」

或許是想起了新，奏多的表情顯得很痛苦。

我懂奏多的心情，我懂——可是！

「就算是這樣，我也必須知道。唯有知道之後，才能和新一起前進，非這麼做不可！」

「旭……」

「就算知道了會心痛……也沒關係。相較之下，我更不想失去新……」

「旭，妳果然很堅強。」

奏多這麼說，讓我想起那天的奏多。

所以——我否認了。

「我才不堅強呢。」

「咦？」

「我一點也不堅強。其實我很害怕，害怕失去新，也害怕看到他受疾病所苦。」

現在也是，我連日記本都不敢打開，根本是個膽小鬼。

我擔心自己會毀掉新原本應有的未來，為此害怕到發抖。

「那……」

「可是，因為現在的我知道，讓我最難受最痛苦的是新的死……比起來，和新吵架只是小事。畢竟，就算吵架會讓新討厭我，至少我和新都不會死掉吧？」

「妳……」

「旭……」

聽了我的話，他們兩人像是想哭又想笑……

「欸？為何？我說了什麼奇怪的話嗎？」

「真拿她沒辦法，深雪，怎麼辦啦。」

「這個嘛……只有新才拿她有辦法了吧。」

「說的也是，得叫他快點負起責任了。」

「什、什麼啊？你們在說什麼？」

他們看著彼此，嗤嗤笑起來……我不知所措地問，他們卻不告訴我那些話是什麼意思。

「我不覺得自己有講了多奇怪的話啊……」

被他們的態度弄得一頭霧水，我這麼喃喃低語，奏多和深雪溫柔地對我微笑，笑容中透露著一絲哀傷。

4月30日

住院一個晚上，今天傍晚才回家。

出院前被醫生罵了，

要我更愛惜自己的身體。

還說難道我不知道周圍的人把我看得多重要嗎？

……因為我的任性，讓家人又難過了。

難道我還要繼續增加為我難過的人嗎？

什麼都不去想，只要在一起開心就好。

我不想讓她分攤悲傷。

只要笑著在一起就好。
只要在我身邊就好。

回到家，再次打開新的日記本，裡面的文字似乎比改變前更痛苦。
是我害他這麼痛苦的……
「我是不是做錯了……」
跟奏多和深雪說的是我的真心話。
和新死去時的痛苦相比，爭執吵架真的都不算什麼。
——可是，如果我的心意對新來說只會造成困擾呢？
如果我的存在只會造成新的痛苦呢？
「我搞不懂了……但是，必須繼續前進。」
停在原地什麼也無法改變……這麼想著，我再次翻開日記的下一頁。

5月1日

在學校裡和旭見了面，依然什麼都沒說。
她看著我好像想說什麼……最後還是沒開口。
深雪問：「你們是吵架了嗎？」我說「分手了」，被奏多揍了一頓。

……大家都很講義氣。

他們要我好好跟旭講清楚……我覺得算了。

雖然只有短暫幾天，但能和旭交往真的很高興。

明天過後又是連假。

只要再過一段時間一定……

——我用力闔上日記本。

「要怎麼做，才能讓新主動告訴我……」

關掉房間的電燈，月光照亮桌上的日記本。

「總之，得先見一面談一談……」

我躺在床上——閉上眼睛。

◆◆◆

醒來後，一如往常準備出門上學。

「不在……」

按照日記內容，新今天應該會去上學。

可是……來到平常會合的地方也沒有看到他的身影。

「這是……當然的吧。他都說分手了……」

我的心一陣刺痛。

「比想像中的……還要難受……」

我好想哭，拚命忍住眼淚。

因為只要一個不小心，眼淚可能就會停不下來。

舉起袖口擦拭滲出的淚水，我獨自走向學校。

到教室後，在同學的招呼聲中，看到自己靜靜坐在座位上的新。

「……早安。」

我朝新走去，向他打招呼……他驚訝地瞬間抬起頭，立刻別開視線。

「……」

「今天能來上學太好了呢。」

「……」

「昨天的作業寫好了嗎？今天要交喔！」

「……」

我一直找話說，新卻一句話也不回。

但我還是不屈不撓，繼續跟他說話。

只是……無論我怎麼說，新都沒有回應。

「噯、你們吵架了嗎？」

「咦？」

「看妳今天都沒和新同學在一起。」

「嗯，可以這麼說吧……」

每堂下課我都想去找新，但他為了逃避我，總是立刻離開教室。

因此，一直到午休，我都沒能和新說上一次話。

「一定又是新幹了什麼好事吧？」

「沒有啦，不是那樣的……沒事，謝謝妳們替我擔心。」

和憂心看著我的陽菜相反，深雪生氣地走向新。

「新！」

「……幹嘛啦。」

「我是不知道你們為何吵架，但你要是把旭弄哭的話，我可不會放過你喔。」

「又不是吵架。」

我急忙追上逼問新的深雪，新看了我一眼，對深雪說：

「我們分手了。」

「什……」

「所以才沒有在一起——那就這樣。」

說完，新站起來。

「等一下！你要去哪……」

「要回家了啦，我還有事。」

看也不看我一眼，新帶著書包離開教室。

深雪擔心地看著被拋下的我。

「昨天……起了點爭執……所以……」

「所以？這樣真的好嗎？」

「當然不好啊！」

「旭……」

我忍不住大聲回她，班上同學都在看我。

「……抱歉。」

回到座位上，不明就裡的陽菜問我發生了什麼事……我回答不出來。

之後，我寄了好幾封電郵給新，他都沒有回覆。

聽說也不接奏多的電話。

「今天他是去醫院嗎？」

「——不，我沒聽說……不過，他也未必會把所有事都告訴我……」

放學後——深雪和陽菜去參加社團活動，我和奏多留在沒有其他人的教室裡。

「怎麼辦？今天也去他家看看嗎？」

「……說不定他不肯開門。」

我開玩笑這麼說，奏多皺起眉頭，然後……難以啟齒似的說：

「——我、我覺得不太可能了。」

「欸？」

「旭想讓新親口說出生病的事，但我認為那傢伙一定不會說。」

啊，奏多果然是奏多。

「——所以……我有個想法。」

無論現在還是過去，他始終都在為我們著想。

「我打算當著新的面告訴旭他生病的事。」

「唔……」

我一時之間說不出話，奏多只對我說「妳考慮看看」就回去了。

我……還無法決定該怎麼做。

◆◆◆

「依賴他到這種程度真的好嗎……」

醒來後，我一邊確認日記內容，一邊喃喃低語。

日記內容幾乎沒有改變。

「該怎麼辦才好……」

只要接受奏多的提議，就能製造機會，讓我知道新的病情。

可是，那樣會害奏多變成壞人……

「十二點……」

看了看時鐘，時間還在深夜。

雖然還無法決定怎麼做，我決定繼續往下翻頁。

5月2日

我不想繼續寫日記了。

這本日記充滿太多和旭有關的回憶。

這讓人太痛苦。

每次打開，都像在告訴自己我有多喜歡旭，

心裡都是她。

旭，抱歉。

我也希望能在毫無陰影的狀態下和旭在一起。

沒有任何不安，開心度過每一天。

多希望能單純將喜歡旭的心情傳達給妳。

這是最後一次想著妳寫日記了。

我最喜歡妳。

再見。

這天的內容，使我大受打擊。

過去改變了。

「為什麼……會這樣……」

我的行動，大大改變了過去。

這樣下去，別說改變和新共度的過去——連我們從現在到明年三月之間的所有回憶都會消失……

「我不想要這樣！」

闔起日記本，再次躺上床，緊閉雙眼。

「奏多抱歉……」

對溫柔的好友道歉，我進入夢中……為了改變過去。

◆◆◆

這天在學校裡，新依然對我不理不睬。

「……要在哪裡比較好？」

「我看還是他家好了？」

「可是，他會不會不讓我進去……」

我利用下課時間和奏多討論。

看到我身邊的不是新而是奏多，深雪和陽菜顯得有些訝異，但我現在管不了那麼多。

「話說回來，沒想到新這麼鑽牛角尖……」

「我絕對不要就這樣結束！」

奏多擔憂地看著新，我這麼說。

「許多開心的事才正要開始去做！我絕對不會讓兩人之間那許多的回憶消失！」

「……嗯，是啊。」

說著，奏多的視線從新身上拉回來。

「就放學後吧。」

「欸？」

「回家路上，妳去攔住他。然後，我再把事情說出來。」

「嗯，抱歉，拖累你了……」

「沒關係。再說，我也希望你們兩個開心。」

總覺得奏多的笑容裡夾雜一絲悲傷——但我什麼都沒說。

「先讓我跟他談談好嗎？」

我這麼一說，奏多理解地點點頭。

「我就知道妳會這麼說。」

「抱歉，謝謝你。」

去吧。奏多這麼說著，從背後推了我一把。我朝正走到公園附近的新走去。

「新！」

「旭……」

「我有話跟你說……」

「我無話可說。」

「新不說也沒關係，但我有話要說！」

大概被我的氣勢嚇到了，新低下頭，小聲說：

「好吧，如果只是一下子……」

「謝謝你。」

我們並肩坐在公園裡的長椅上。

「身體還好嗎？」

「欸？」

「昨天你提早回家，應該是因為身體不舒服吧？」

「我沒事，謝謝妳。」

「那就好……」

「……」

「……」

對話中斷。

「——沒事了的話……」

「新。」

坐立不安的新似乎想說什麼，我打斷他，這麼問：

「我再問你一次，新有沒有瞞著我什麼事？」

「為什麼這麼問……」

「我早就發現新一直自己忍耐著什麼，希望你能告訴我，因為我喜歡你，新……」

「唔……」

我輕輕握住新的手。

「我沒有新想得那麼脆弱喔。我想和新一起走下去，像這樣，手牽手走下去。」

「旭……」

「所以，請你告訴我。」

新的眼神裡出現猶豫。

但是……

「抱歉。」

緊閉雙眼，甩開我的手，新這麼說。

「正因為喜歡旭，所以我不能說，不想說……就當作是我的任性吧。妳要因此討厭我也沒關係。」

「新……」

「我沒辦法陪在旭身邊！忘了我吧——」

「——別理那種人了啦！」

「……奏多？」

「唔？」

奏多突然出現，抓住我的手，把我拉到他身邊。

「他都說到這種地步了，那就討厭他吧。反正這傢伙什麼也做不到。」

「你說什……」

「對吧？新？你想被旭討厭不是嗎？既然如此，我幫你跟她說。」

「住口！」

「旭，這傢伙啊——」

新鐵青著臉，想上前抓住奏多，奏多一個閃身，表情嚴肅地說：

「他就快死了，因為心臟有毛病，所以繼續和他在一起也不是辦法。」

「你……」

「我說旭啊，和新分手，和我交往吧？」

「欸？」

奏多口中說起出乎意料的話。

「如果是我，就不會讓妳這麼難過了，也不會讓妳露出這麼痛苦的表情。反正……新也說我可以這麼做。」

「新？」

聽了奏多的話，我望向新，新躲開我的視線。

「看吧……以後我會一直陪在旭身邊的。」

說完，奏多抱住我——吻下來。

還以為他要吻我了——

但是，就在嘴唇即將觸碰前，奏多伸出右手擋在中間。

從新看不到的角度。

「唔！」

「噓……」

奏多對慌張的我眨了眨眼，朝新的方向轉去。

「這不就是你希望看到的嗎？我幫你實現了啊，所以你……」

說著，奏多再次湊近我的臉。

忍不住閉上眼睛……好像聽到奏多輕聲偷笑。

——瞬間，耳邊傳來鈍重的撞擊聲。

「咦……」

「唔……」

「放開旭！」

我睜開眼，眼前是撫著臉頰坐在地上的奏多，和以我從未看過的凶狠表情怒吼的新。

「什麼嘛……這不是你想要的嗎？」

「才不是！我……我……」

「哪裡不是了！你只想逃離旭！那不就等於誰搶走旭或誰讓旭過得開心都與你無關嗎！」

「我……我……」

「別再那樣了，你和旭都不希望事情變成那樣吧！」

奏多站起來，看著愣愣站在原地的新。

「再說，要是你都能做出那種決心，何不好好面對旭，那才是真正的決心！」

「真正的決心……？」

「你或許做不到，但旭可是早就下定那樣的決心了喔！」

奏多丟下這句話就朝公園出入口走去。

「奏多！」

我忍不住喊住他。

奏多回頭看我，按著被揍了一拳的臉頰，撇嘴一笑。

「我想應該沒問題了，那我回去囉。」

「謝謝你……」

「……那傢伙啊，又笨又沒毅力又什麼都喜歡自己一個人煩惱，是個令人傷腦筋的傢伙……可是他人不壞啦。請妳多多照顧我這位死黨了。」

說著，奏多揮揮手，頭也不回地離開。

留在公園裡的——只有我和新兩個人。

「……」

「旭，我……」

新開口想說什麼，我再度緊握他的手。

「新……我喜歡新喔。」

「旭……」

「只有這樣不行嗎？因為喜歡所以想陪在你身旁，這樣不行嗎？」

「剛才奏多說的，妳都聽到了吧？」

新一臉痛苦地說。

「那傢伙說的沒錯，我生病了，而且……不知道還能活幾年，妳跟我這種人在一起……」

「就算是這樣！我也想和新在一起！」

明明不想哭，眼淚卻溢滿眼眶。

明明想好好說話，卻愈來愈泣不成聲。

「不知道新為了什麼痛苦，笑著過沒有新的生活……這種事對我來說一點也不幸福！」

「……」

「讓我陪在你身邊！我想在新身邊，和你一起創造快樂的、喜悅的回憶！為了小事爭吵、和好，然後在一起開心地笑，無論幾次都想告訴你——我最喜歡新了。」

「旭……抱歉。」

「嗚……」

聽到新的道歉，我心想，即使這樣他還是無法明白我的心意嗎？即使這樣他還是要堅持拒絕我嗎？分不清是悲傷還是不甘願的情感難以遏止。

（這樣還不行的話，要怎麼辦？）

正當我這麼想時，瞬間，一股溫暖環繞了我。

「新？」

「抱歉！真的抱歉！我……我……」

「新……」

感覺新微微顫抖，我把手繞到他背上，輕輕環抱著他。

「旭……」

「沒問題的，不管發生什麼事，我都會陪在新身邊。在新身邊陪你一起笑……所以，讓我們在一起好嗎？」

嗯——新這麼點頭，滑過他臉頰的淚水沾濕我的肩膀。

不知道過了多久——

輕輕放開我的新，眼睛有點紅。

「對不起……」

「還好嗎？」

「我原本只想逃避。」

「……」

「說得好聽是為了旭，其實我只是害怕告訴旭生病的事而已。」

一字一句……新吃力地慢慢開始說。

「自從得知生病，媽媽每天都在哭，其實我都知道。所以，我不想讓旭也因為我而哭泣。這是真的……可是……」

「可是？」

「那一定只是我微不足道的自尊心作祟吧，妳不要笑我喔。」

「我不會笑。」

「我不想被旭當成病人對待。不希望妳覺得我很可憐，不想看到妳用同情的眼神看我。」

「新……」

新用力握住自己的手，看起來握得好疼……我輕輕把手放在他手上。

感受到我手心的溫度，新虛弱地笑了。

「我不想被人小心翼翼對待，我希望自己也能不在意生病的事，像正常人一樣和旭笑著在一起。」

「我從來沒有認為你可憐。」

「旭？」

「但是，希望你能讓我為你擔心。」

「唔……」

希望新明白我的心意。

希望他知道我把他看得多重。

希望他知道我有多需要他……

「舉例來說，如果我感冒的話，新一定也會擔心吧？如果我骨折了，你一定也會說不可以跑步吧？就和那一樣喔。」

「……」

「在新身邊，和你一起歡笑，時而爭吵，不只心臟的事，要是你感冒的話我也會擔心，跌倒的話我也會伸手拉你起來……我想像這樣近在你身邊，和你在一起。」

「旭……」

新放開緊握的手，我立刻握住他。

「我想像這樣，牽著手，一起往前走。」

「可是，我可能會死掉。」

「未來的事誰都說不準。」

「……」

「比方說，明天遇到車禍，或是生了急病也會死掉，又或者，搭公車被捲入挾持事件。」

「噗，什麼挾持事件啦……」

這異想天開的比喻，讓新忍不住笑了起來。

「可是，真要說的話不是沒完沒了了嗎？我……我只想跟我想在一起的人在一起！和新在一起！」

「旭……」

「新想跟誰在一起？」

「……旭。」

「新希望誰陪在你身邊？」

「全部……全部都是旭！」

說著，新再次緊緊擁抱我。

放開緊抱我的手後，我們相視而笑。

「謝謝你告訴我。」

「咦？」

「生病的事，謝謝你告訴我。」

「我太晚說了……對不起。」

當年的我不知道新的病，現在的我終於得知。

這是很大的改變。

雖然不是新主動告知這一點讓我有點擔心，但是，如果沒有建立起良好關係，就算奏多幫忙，新一定還是不願意說出口……

噯、新。如果是現在的你，一定不會什麼都不說就離開我了吧？

「可是，真的很抱歉！」

「欸？」

眼前的新忽然低下頭。

「要是我能早點告訴旭，妳就……不會被奏多親了。」

「咦？」

「都是我的錯……旭才……」

新抓著自己的手，指甲都陷進肉裡了。看到他一再向我道歉，我趕緊否認。

「他沒有親到我喔！」

「——咦？可是剛才……」

「那是……奏多為我們演的一場戲。」

把剛才那件事的真相告訴新，他才吁了一口氣。

「什、什麼嘛，原來是這樣……我還以為奏多真的……那個……親了旭……」

「再怎麼說是為了新，奏多也不可能親不喜歡的女生吧……」

我苦笑著這麼說，新皺起眉頭。

「新？」

「沒有啦，沒什麼。」

說著，新低下頭。

我無論如何都想把現在自己的心意傳遞給他——

「我眼中只有新，只喜歡新一個人喔。」

「嗯……」

「這就是為什麼，現在我會在這裡。」

「旭……」

新抬起頭，我伸手輕撫他的臉，微笑著說：

「不要懷疑我這麼喜歡新的心意。」

「……抱歉。」

「我最喜歡你了喔。」

「我也是……最喜歡妳。」

新把手疊在我輕撫他臉頰的手上。

他的手緊緊握住我的手，傳遞著他的體溫。

「新？」

和我的手指交纏，新紅著臉靠近——我們在夕陽西下的公園裡接吻了……吻的滋味酸酸甜甜，但也帶有一絲苦澀。

◆◆◆

醒來了。確認回到現在後，我環抱自己的身體。

「啊……終於走到這一步了！」

好不容易、好不容易。

就真正的意義來說，走到這裡才算剛踏上起點。

「這麼一來，到了三月時，新應該就不會什麼也不說地消失了吧……」

說不定未來早已改變。

「得去向深雪確認才行……」

明明是我自己的事，我卻不知道事情如何發展，真是教人心癢難熬。

「啊、可是……才六點啊……」

這時間太早了，不好聯絡她。抽回想拿起手機的手，我朝放在桌上的日記本望去。

5月2日

生病的事，終於被旭知道了。

……不過，或許這樣也好。

明明那麼堅持隱瞞的，現在心情卻輕鬆得像騙人的一樣。

旭竟然還跟我道謝。

我可是讓她一起背負了這麼沉重的東西啊……

……說不定我內心深處是希望她知道的。

希望旭知道之後，對我說即使如此仍願意和我在一起……

旭，我最喜歡妳了。

從過去到未來，一直都最喜歡旭。

還有，正在煩惱怎麼面對奏多時，那傢伙晚上就像什麼也沒發生過似地跑來家裡了。

奏多笑著對我說「太好了」。

實在太對不起那傢伙了，不過——

真的、真的很感謝他。

「太好了……」

讀著日記裡的文章，回想剛才發生的事。

想著新，還有——那個把別人的事當作自己的事一樣拚命的體貼好友。

「我也得向奏多道謝才行……」

要是沒有奏多，新說不定不會像那樣對我表達自己的心意。

這麼一想，闔起日記本，雖然時間還早，我開始準備出門上學。

「早安，深雪！」

「喔、早啊，妳今天真有活力。」

深雪一進教室我就去找她，向她報告昨晚夢中的事。

「這樣啊，終於走到這一步了呢。」

「嗯，所以，我想跟深雪確認一下。」

「妳想確認我記憶中的過去是什麼樣的，是嗎？」

這麼說著……深雪皺起眉頭。

「深雪？」

「妳冷靜點聽我說喔，在我的記憶中，到了三月你們兩人還是分手了。」

「怎麼會這樣！」

我情不自禁大喊，深雪制止了我。

「不是叫妳冷靜點嗎？我的想法是這樣的，如果旭妳本身沒有改變的話，大概無法改變過去。」

「什麼意思？」

「一路走來都已經做了那麼多事，就只有分手這個事實怎麼也無法改變，對吧？」

「嗯……」

「這就表示，必須靠妳自己說的話扭轉三月那天新的心意，否則，就還是改變不了接下來的過去。」

「我自己說的話……」

我重複深雪的話。

為了搞懂她的意思。

「──還有，旭妳本身的記憶並沒有被洗掉，不是嗎？」

「欸?嗯、對啊。」

「這樣的話，就算現在狀態已經改變，從我這裡問到的狀況依然不是屬於旭妳自己的記憶吧——只不過是個紀錄罷了。」

「只不過……是個紀錄……」

我腦中的記憶，是與新分手後的三年……以及，被我改變後的過去的記憶。

——只有這些記憶。

所以，就算因為我現在的行動，改變了和新過去的關係——我仍無法擁有那之後的記憶。

「既然如此，乾脆不要改變那件事，以結果來說不是比較好嗎?」

「深雪……」

「明明是自己的過去，自己卻不知情——說起來……除了悲哀之外什麼都不是。」

「說的……也是。」

腦中瞬間閃過的是「這不就是過去的記憶遭塗改的深雪自己嗎」……不過，我無法將這句話說出口。

因為深雪自己一定就是這麼感覺的……

「……」

看我說不出話來，深雪對我微笑說道：

「真拿妳沒辦法，已經跟奏多報告了嗎?」

「欸?」

「和新的事啊。雖然奏多好像也有辦法知道……妳還是親口跟他報告一下比較好吧？」

「說的也是，等一下我傳訊息給他。」

說完，深雪再度朝我微笑，然後走回自己的座位。

而我只能看著她的背影。

【我已經順利從新口中聽到關於生病的事了，結果還是依靠了過去的奏多。謝謝你，還有，抱歉啊。】

第一堂課開始前，傳了這樣的訊息給奏多。

很快就顯示已讀。

他只回覆了一句。

【恭喜妳。】

奏多傳來這樣的訊息。

放學後，我總覺得不想直接回家，決定繞個遠路。

「啊……」

回過神時，我已來到那座公園。

過去和新互相表白了心意的那座公園。

「就在這裡……」

我和新坐在長椅上接吻的情景掠過腦海。

「唔……」

忍不住摀住臉，眼淚落在我的手心。

「嗚……新……」

昨天在這裡和新接吻。

但是，今天……新已經不在這裡。

「嗚……唔……新……」

和新互相明白彼此的心意後，我更加喜歡他了。

愈是喜歡新……現實就愈悲傷、愈痛苦……

「要是乾脆別醒來……該有多好……」

我忍不住把浮現腦海好多次的這個念頭說出口。

要是乾脆別醒來，就能一直一直待在過去了……

漫畫或電影裡常見的穿越時空情節，主角都能一直待在過去或未來……為什麼我總是非得回到「現實」不可。

為什麼我必須承受這麼痛苦的思念……

——不管怎麼想，都得不到答案。

不可能有答案。

「……回家吧。」

回家吧。

回到有新的那個世界去。

我踱步走向公園出口。

回頭一看——無人的公園另一端，夕陽正在西沉。

深夜，家人都睡著後——我打開新的日記本。

那裡有著看起來好開心的，過去的我們。

5月3日

黃金週連假第一天。

旭到家裡來玩。

我向她說明了病情，包括我能做什麼、不能做什麼。

她的表情看起來好難受。

「抱歉。」我這麼一說，旭就對我說：「不要道歉。」

謝謝妳……
至今讓妳那麼難過，對不起。

今後我不會再隱瞞妳任何事……
所以，直到必須分開的那天來臨前——請留在我身邊。

「新……」
從日記裡感受到新的心意。
這麼一來……這麼一來，一定……
關掉電燈，我輕聲低喊著最愛的人的名字……閉上眼睛。

◆◆◆

「唔唔——難以決定……」
醒來後，回到過去的我一直站在衣櫥前，拉出一件又一件的衣服。
「這件……好像太正式了，這件會不會太可愛？欸？我竟然有過這種衣服？」

站在鏡子前試穿，這件也不滿意，那件也不適合，就這樣過了一小時……

「啊！再不出門就要遲到了！」

最後，我換上有點可愛的連身裙，匆忙趕往和新約定碰面的地方。

「抱歉抱歉，我遲到了。」

「沒事，我也剛到。」

「呼、呼……抱、抱歉……」

「不用這樣跑也沒關係啦……」

「因為……不想、讓你等……」

更何況——

「我想趕快見到新……」

「是、是喔……」

新難為情地搔了搔頭，我站在他身邊調整呼吸。

「對不起，不過我不喘了。」

「真的嗎？那走吧。」

「嗯！」

「——喏。」

「欸？」

才剛邁開腳步，新就伸出右手。

「手！」

「啊……」

握住他伸出的手，我們相視而笑。

「啊——可是，好緊張喔！」

「咦？為什麼？」

「還問為什麼？因為要去你家玩啊！」

「唔、嗯……是喔？」

新完全不懂我的緊張，我差點虛脫。

畢竟……

「新不緊張嗎？你現在……是要帶女朋友回家耶？」

「欸……啊！」

「反應也太慢了吧……」

「是耶，欸、得把妳介紹給爸媽才行喔？」

「這是……當然的吧。」

「說的也是。」

新的反應令我不安。

（不過，男生果然還是會覺得介紹女朋友給爸媽是件麻煩事吧？尤其在他這個年紀。）

我腦子還在轉個不停，新的家已經到了。

「我回來了！」

「打、打擾了……」

「來了——歡迎歡迎。」

「那、那個……」

「……」

新的媽媽笑著出來迎接我們。

但是，新什麼都沒說。

「呃……」

我不知如何是好，往新的方向望去，新再次緊握我的手。

接著——

「媽！這位是竹中旭，我的……女朋友！」

「新……」

忍不住喊了他的名字，新看了看我，臉上是淡淡微笑。

「……我知道呀。」

「欸？」

「上次來的時候不是打過招呼了……而且——」

「而且？」
「奏多有說妳是新的女朋友了啊。」
對喔，那天……
「抱歉，新……我跟伯母打過招呼了。」
「什……麼啊！虧我還這麼緊張！不過，還是得正式介紹一次才行！」
「那之後發生一堆事，我就忘了。」
「唔，妳這麼說我也有責任……」
「——雖然不知道你們在說什麼，能不能快點進來？」
「啊、是……打擾了！」
在新的母親催促下，呆站在門口的我們趕緊脫下鞋子。
看到這樣的我們，媽媽又笑了。
「我知道你們感情好，但把手放開才比較好脫鞋子吧？」
「唔！」
「唔！」
我們倏地放開手……看到這一幕，新的媽媽似乎覺得很好笑，再次露出笑容。
「——新，要不要把客廳裡的點心拿上去吃？」
脫下鞋子，正要上樓時，新的媽媽叫住我們。

「啊……也好，旭，妳幫我拿一下好嗎？」

「好！」

猶豫了一下，新一臉抱歉地消失在走廊盡頭。

留下的是……

「……」

「……」

（好、好尷尬。）

只剩下新的媽媽和我。

「是、是！」

「……旭。」

我緊張得連聲音都變僵硬了。新的媽媽溫柔地笑著說：

「別這麼緊張呀。呵呵，妳和新感情這麼好，我看了也很欣慰。」

「不、不會……我才要感謝新願意和我這麼好。」

「旭，那個……」

新的媽媽欲言又止，最後還是沒有說出口。

（啊……）

「沒事、沒事……」

「其實我知道。」

「咦？」

新的媽媽一臉驚訝地看著我。

「新生病的事，其實我知道。」

「唔！」

媽媽摀住嘴巴，輕聲說：「這樣啊……」

「……」

「……」

「就算是這樣，妳還是……」

「咦？」

「不，沒什麼。」

看到新的媽媽強顏歡笑的樣子，我想起那天的事，胸口一陣刺痛……

為了甩開這樣的心情，我斬釘截鐵地對新的媽媽說：

「請聽我說……」

「嗯？」

「我……我最喜歡新了！」

「旭？」

「就是……不管是生病的事，還是新的煩惱，我都知道。不過，就算是這樣，我還是想和新在一起！我是這麼想的！」

「謝謝妳。」

輕聲這麼說著，新的媽媽看著我，像是快哭起來了。

「——進入今年之後啊……」

「欸？」

「那孩子笑的次數變多了，也很期待去上學的樣子。」

轉頭朝走廊看了一眼，新的媽媽微笑說道：

「一定是因為……認識了妳的緣故。」

「……剛才啊。」

「嗯？」

我們帶著點心和果汁上二樓。

關上房門後，新這麼說。

「妳跟我媽說了什麼？」

「你想知道？」

「當然想啊……」

「祕密。」

「什麼嘛！」

我笑了，新不滿地噘起嘴。

「新的媽媽很愛你呢。」

「我可沒有戀母情結喔。」

「我知道啦。」

「那就好。」

一邊閒聊，一邊吃新的媽媽準備的點心。

接著……

「就像昨天說的，我的心臟有毛病。」

「嗯……」

進入——今天的正題了。

「怎麼說呢，沒事的時候就像這樣很正常，一旦發作就需要吃藥或去醫院。不能做劇烈運動，去遊樂園也不能搭雲霄飛車之類的遊樂設施……」

「這樣啊……」

所以很難一起去遊樂園玩了，這麼說著，新笑了。我——我不知道該做出什麼表情才好，只能用曖昧的笑容帶過。

看到這樣的我，新又笑著說：

「不過，除此之外和一般人沒有不同。我可以去上學，也可以像這樣和旭在一起。」

「嗯……」

「因為得定期回醫院檢查，有時放學後或星期六必須去醫院，身體不舒服時也可能要休息或早退，這種時候，在學校裡一律對外宣稱我感冒了——還有，現在說的內容，除了爸媽和老師之外，只有奏多知道。」

「這、這樣啊……」

「不過從現在起，也會告訴旭了。」

說著，新露出神清氣爽的表情，像擺脫了沉重的附身般平靜。

「你答應我了喔。」

「嗯，答應妳了。」

說完，我們像小孩子一樣勾小指。

——有點哀傷的勾小指——

不過，我們就這樣……

約定了重要的事。

嶄新的我們，從此開始。

◆◆◆

我快速翻閱日記。

自從收下這本日記後，發生了好多事。

有歡笑的日子，也有哭泣的日子。

也曾因為你已經不在而哭得睡不著。

即使如此，想再見你一次——希望那天能夠重新來過，我不斷地回到過去，為了去見你。

為了那一天——

翻閱日記的手停了下來。

這一頁……文字因淚水而暈開，紙張因曾被淚水沾濕而發皺的一頁。

3月15日

今天即將舉行畢業典禮。

今天，也是我跟旭說再見的日子。

抱歉，旭。
不過，不能讓妳看到我接下來的樣子。
……我走向死亡的樣子。

我希望自己在妳心中
永遠保持在妳身邊笑著的模樣。
妳露出我最喜歡的笑容，我也笑著待在妳身邊。

再見了，旭。

從過去到現在到未來，我永遠都最喜歡妳。

「新……」
一想到新寫下這些話時的心情，我的心就好痛。
為什麼非分手不可，我曾經不明原因，一再哭泣。
為什麼不讓我待在你身邊，知道原因後，我也曾懊悔不甘。
可是，現在那些事都無所謂了。

「新，抱歉。」

因為我已經下定決心。
要從那天，重新來過——

我闔上日記，躺上床。
為了回到過去，今天也踏上那條走過無數次的路。

◆◆◆

第二次的畢業典禮，比三年前更冷靜，也比三年前更緊張。
那時的我，因為即將畢業而寂寞哭泣。
那時的我，還不知道後來即將面對分離。
可是……

（沒問題……為了這天，已經重新來過好多次……）

一定不會再發生那種事。

我的心意……新一定能明白。

因為我們約定好了……

「──班代表，鈴木新。」

「是！」

老師一一讀出班上同學的名字後，新代表全班上台領取畢業證書。

新一臉緊張，從校長手中接過證書。

（新……）

「喂、這位同學，你要做什麼！」

「咦？」

聽見校長慌張的聲音，不知道發生了什麼事，就在這時，麥克風發出刺耳的噪音。

接著──

「不好意思！可是，我有些話想說……」

「新？」

站在講台上的新，從校長手中拿過麥克風，凝視我們。

「很抱歉突然這麼做！不過，我有些話無論如何都得說，三分鐘就好，請借我一點時間！」

整個體育館內一陣騷動。

這是安排好的嗎？我聽見有人這麼說。不，這是——

「我……我有心臟病，雖然還沒聽到醫生直接宣判，但我自己再清楚也不過……我已經來日無多。所以，我曾經放棄一切。不管是跑步，還是認真做什麼事——甚至放棄真心喜歡什麼人。」

這時，新似乎瞥了我一眼。

「可是，在我國三這一年，我盡情地哭，盡情地笑，和朋友做了不少蠢事——和最喜歡的女生一起度過了這段時光。即使是這樣的我，也能抬頭挺胸享受幸福的國中生活，製造許許多多的回憶。」

「新……」

新帶著閃閃發光的表情訴說著，我、奏多、深雪和陽菜以及班上同學都哭了。

「所以，我很慶幸自己在這間學校度過這段時光！謝謝大家！」

說完，新把麥克風交還校長。

「啊……」

新要走回位子上時，先是一個人，接著第二個……眾人陸陸續續拍手。不知不覺，整個體育館裡所有人都為他鼓掌。新難為情地回到位子上。

「旭！」

畢業典禮順利結束，被田畑老師念了一頓的新跑到正在操場拍照的我們身邊。

「新……」

「恭喜畢業。」

「新也是，恭喜。」

我們相視微笑，我凝視新的臉。

接著——

「旭，我有話跟妳說。」

和三年前一樣，新對我說了這句話。

「……」

「……」

走向後花園時，我們都沒有說話。

感覺得到心臟跳得好快，甚至感到心痛。

又要和那時一樣對我說那些話了嗎？

不，剛才的新已積極面對未來了，所以，他一定……

「旭。」

「嗯……」

走到和那時一樣的地方，新轉身面對我。

「抱歉，旭。我們好像……還是不能繼續交往下去。」

「新……」

新這麼說。

和當時一模一樣的字句。

和那個做了無數次的夢裡一樣的表情。

「為什——」

「我原本想這麼說的。」

「欸？」

打斷我的話頭，新一臉快哭出來的樣子，卻又笑著對我說：

「其實，我本來一直打算在今天和旭分手，因為我希望旭只要記住快樂的回憶和我笑著的模樣就好。」

「怎麼這樣！」

「可是，我做不到。」

新朝我前進一步，拉起我的手。

我緊緊握住他的手，新再度微笑。

「我啊，沒辦法上高中了，必須去住院。比起告訴旭生病的事時，症狀又惡化了許多。所以，今後就算繼續在一起，也只會讓旭難過。」

「難過也沒關係！我想和新在一起！」

「嗯，我也是，我也想和旭在一起。今後身體可能會變得很虛弱，也可能會死……即使如此

——妳還是願意待在我身邊嗎？」

「願意……我要和你在一起！」

明明打算笑著這麼說，淚水卻不斷湧出眼眶，嗚咽使我泣不成聲。

但我還是拚命擠出聲音訴說心意，新輕輕抱住我。

「抱歉，我無法把妳推開。」

「新……」

「就算再難堪、再窩囊……我也希望妳陪在我身邊。」

新抱住我的手用力了些。

所以我也緊緊抱住他。

為了讓他知道——我會一直、一直在你身邊。

「希望有朝一日……」

新抬頭看翩翩飛舞的櫻花瓣。

「希望有朝一日，能和旭一起去看盛開的櫻花。」

新的語氣就像是那天永遠不會來臨似的，我悄悄握住他的手。

「一定可以去的！」

「旭……」

「一定、一定可以去的！」

「說的也是。」

新微笑著這麼說，再次抬頭仰望天空。

彷彿要將飄落的花瓣烙印在眼底一般——

尾聲

春日裡的某一天，遲開的櫻花盛放。

「旭……」

新看起來很痛苦，但仍微笑呼喚我的名字。

「笑一下……旭，我最喜歡看……旭的笑容……」

「新！新！」

「笑一下嘛……旭……」

我拚命擦拭眼淚，對他微笑，新才像放心似地……失去意識。

除了家人之外，其他人請離開房間——在醫生催促下走出病房的我，見到被新的媽媽叫來的奏多和深雪。

「旭……」

「我……我……」

「沒事了！沒事了！」

深雪帶著我到旁邊的椅子坐，這裡離病房有段距離。

「我……我……」

「旭……」

「我沒辦法好好對他笑！明明新要我笑的……我卻沒辦法做好……」

「不要緊的！旭一定做得很好！所以……」

「嗚哇啊啊啊啊啊！」

深雪拚命抱住大聲哭叫的我。我攀在為我溫柔拍背的深雪身上，忍不住又哭了起來。

在我們身邊的奏多望向病房，臉上寫滿了不甘。

——不知道經過多久。

「旭。」

新的母親喊了我的名字，我們走向病房。

躺在那裡的新……和剛才判若兩人，身上接滿各種維持生命的管線。

「新……」

「……」

新什麼都不說。

什麼都不能說了。

我拚命地想把心意告訴這樣的新。

「新……我很幸福喔……和新一起度過的日子非常幸福。謝謝你——給了我如此珍貴的時光。」

「旭……」

「我最喜歡你了，今後也是……永遠都是……」

我對新露出笑容。

這不是強顏歡笑。

也不是流著眼淚的悲哀笑容。

是新說過他最喜歡的笑容，裝滿我對新的情感。

「……」

瞬間，我看見新眼角滾落淚珠。

接著——

嗶——————

病房裡，響起冰冷的機械音。

◆◆◆

我用力闔上日記本。

「結束了……」

已經不再流淚。

並不是不悲傷。

也不是不痛苦。

即使如此，現在我一個人在這裡。

「新……」

在過去改變後，我們繼續共度了許多時光。

在我心中，每一段都是不可或缺的部分。

「謝謝你……」

為什麼新要把這本能干預過去的日記交給我呢？我一直想不通。

新一定以為就算能用這本日記一再回到過去，也無法改變結果。

所以，在必然面臨的別離後，當我因為想起新而哭泣時，他希望我看了這本日記之後，能夠明白他對我的心意，知道他對我的愛，藉此繼續往前走。這或許是他把這本日記交給我的原因。

為了被留下的我——

但是，新已經不在這個世界了。所以，我也無法確定這是不是正確答案……

「新……」

將日記一度緊緊擁入懷中後，收進抽屜。

那天之後，整整過了一年……今天是新逝世一週年的忌日。

那時我還穿著高中制服，現在已經……

「奏多……」

「嗨。」

剛走出家門，就看到身穿黑色西裝的奏多。

「又過了一年呢。」

「嗯……」

「好像……不覺得已經過了那麼久。」

「時間過得很快啊。」

就在不久前，我還使用日記不斷回到過去，去和新見面。

沒想到現實世界已經又過了一年。

「對了，真的要那麼做嗎？」

「什麼事？」

「日記本的事。」

「喔……嗯。」

我隔著包包輕輕撫摸裡面的日記本。

已經決定要把日記本還給新了。

「可是，那裡面都是旭和新的回憶……」

「沒關係，總覺得把這個還給新之後，我才能積極向前。」

「旭……」

「再說，新一定也不希望我一直被過去束縛。」

那天，自從在日記裡經歷了新的臨終後……我重讀了無數次日記。

也曾因為再也無法回到那些過去而哭泣。

也曾因為和新的回憶而心痛不已。

但是，日記裡的新，總是那麼積極向前。

「所以，我也決定，不要再活在日記本裡的過去了。」

「旭——」

「我擁有那些回憶，充滿了新對我的心意的回憶，所以一個人也能往前走。」

「妳果然很堅強。」

「因為，要是不堅強活下去，就太對不起新了。」

為了活下去，他是那麼拚命地向前看。

「說的也是……」

奏多輕輕點頭，別開頭擦拭眼角。

新……

我仰望天空。

萬里無雲的晴空。

新……我——我們會好好活下去，在這個沒有你的世界。

不經意舉起手來綁頭髮，手腕上，戴著那天他送我的，有著小小裝飾的手環。

一陣風吹來，新綠的清新氣息溫柔地包圍我。

國家圖書館出版品預行編目資料

在這個世界中，與你再度相戀 / 望月くらげ作；邱香凝譯 . -- 初版 . -- 臺北市：臺灣角川，2020.06
面；　公分 . -- (Kadokawa light literature)(角川輕 . 文學)
譯自：この世界で、君と二度目の恋をする
ISBN 978-957-743-834-8(平裝)

861.57　　　　109005322

輕文學
Light Literature

在這個世界中、與你再度相戀

原著名＊この世界で、君と二度目の恋をする

作　　者＊望月くらげ
插　　畫＊ナナカワ
譯　　者＊邱香凝

2020年6月8日　初版第1刷發行
2024年7月5日　初版第4刷發行

發 行 人＊台灣角川股份有限公司
總　　監＊呂慧君
總 編 輯＊蔡佩芬
主　　編＊李維莉
設計指導＊陳晞叡
美術設計＊李曼庭
印　　務＊李明修（主任）、張加恩（主任）、張凱棋、潘尚琪

台灣角川

發 行 所＊台灣角川股份有限公司
地　　址＊104台北市中山區松江路223號3樓
電　　話＊（02）2515-3000
傳　　真＊（02）2515-0033
網　　址＊www.kadokawa.com.tw
劃撥帳戶＊台灣角川股份有限公司
劃撥帳號＊19487412
法律顧問＊有澤法律事務所
製　　版＊尚騰印刷事業有限公司
I S B N＊978-957-743-834-8